LOCUS

LOCUS

LOCUS

LOCUS

Klara Lidén
Untitled, poster painting, 2010

就是走路

就是走路

一次一步，風景朝你迎面而來

Å gå. Ett skritt av gangen

Erling Kagge
厄凌・卡格——著

謝佩妏——譯

獻給我的父母，是他們帶我走上生命之路，

也獻給我的三個女兒英格麗（Ingrid）、索薇（Solveig）和諾爾（Nor）

你在走路。有時你並不知道
但你不斷跌倒
每走一步，就微微往前傾
再把自己拉回來……

——蘿瑞・安德森（Laurie Anderson）*，
〈走路和跌倒〉（Walking and Falling）

---

*譯註：美國前衛藝術家，跨足音樂、劇場和科技。

I

1 孩子的腳

發現之旅不是你某天開始做的事，而是你漸漸不再做的事。

有一天，我的祖母再也走不動。她就在那天死去。身體雖然持續活了一小段時間，但人工膝蓋已經磨損到不堪使用，再也承受不了她的重量。從她無法下床的那天起，肌肉就愈來愈無力；消化系統日漸退化；心跳變慢，脈搏時穩時弱；肺部吸進的氧氣愈來愈少。到了最後，她只能躺在床上奮力呼吸。

那段日子，我的兩個女兒都還小，最小的索薇才十三個月大。當曾祖母整個人慢慢縮成像嬰兒臥床不起時，索薇學走路正學得起勁。她把手臂高舉過頭，小手緊緊抓住我的手，搖搖晃晃在客廳裡走來走去。每次她放開手，嘗試自己走幾步路的時候，就會發現上跟下、高和低的差別。要是不小心跌倒，額頭撞到了桌角，她就學到有些東西硬、有些東西軟。學走路，可能是我們一生中最危險的一件事。

索薇把手臂往外伸保持平衡，很快就掌握了在客廳裡走來走去的訣竅。因為怕跌倒，她小步小步地走，如同音樂上的斷音。觀察她學走路，我驚訝地發現她是如此賣力張開腳趾，試著抓住地板。智利詩人聶魯達（Pablo Neruda）在〈孩子的腳〉（To the Foot from Its Child）一詩開頭寫道：「孩子的腳，尚不知自己是腳。」它渴望變成翩翩飛舞的蝴蝶，或高掛樹上的蘋果。

一轉眼，索薇移動的步伐變得更有自信。她穿過門踏上陽台，走到外面的院子。光溜溜的小腳丫開始接觸到地板以外的東西：地表上的草地、石頭，再過不久就是柏油路。

走路時，她個性中有一小部分彷彿變得更鮮明，比方脾氣、好奇心，還有意志力。觀察孩子學走路，你會覺得探索、進而掌握未知，是世界上最強大的力量。把一隻腳放在另一隻腳前面，一步一步去探查並克服未知，是人類與生俱來的天性。發現之旅不是你某天開始做的事，而是你漸漸不再做的事。

我的外婆生於挪威的里爾哈默（Lillehammer），比索薇早九十三年出生。那個時代，他們一家人從一個地方移動到另一個地方時，主要還是靠雙腳。如果想去遠一點的地方，外婆可以搭火車，但她沒有太多離開里爾哈默的理由，反而是世界來到了她的面前。年少時期，她在自己土生土長的奧普蘭郡（Oppland），見證了量產汽車、腳踏車和飛機的到來。外婆告訴過我，我的外曾祖父曾找她一起去米約薩湖（Mjøsa，挪威的最大湖）看飛機。說起這件往事時，她眉飛色舞，彷彿那是昨天才發生的事。突然之間，天空不再是專屬於鳥類和天使的領域。

2

走路的人

生命就是一段漫長的步行。

智人一直都在走路。打從七萬多年前從東非出發，**雙足步行**就定義了人類的歷史。人類今日的一切，都是靠著用兩條腿走路打下了根基。人類的祖先步行穿越阿拉伯半島，再繼續走向喜馬拉雅山脈，往東擴散、橫越整個亞洲，接著越過結冰的白令海峽，穿越北美及中、南美，甚至往南到了澳洲。另一批人往西走到歐洲，一路走到了挪威。第一批出走的這群人可以長距離步行，用嶄新的方式在廣袤的土地上打獵，獲取新經驗，從經驗中學習。他們的頭腦比地球上的其他生物都進化得要快。我們先是學會了走路，接著學會生火和煮食，之後才發展出語言。

人類的語言反映了「生命就是一段漫長的步行」這個概念。梵語源於印度，是世界上最古老的語言之一。過去式以 gata 來表示，意思是「我們已經走過」；未來式 anāgata 則是「我們尚未走過」。挪威文的 gått 跟梵語的 gata 有語言學上的關聯，意思是「走過」。梵語中表達「現在」的字彙是 pratyutpanna，即「直接在我們面前」，其中自然有它的道理。

3

走路與寂靜

寂靜很抽象，而走路很具體。

至今走了多少路，我也不知道。

我走過短的路，也走過長的路。曾經**走出**窮鄉僻壤，也曾經**走向**繁華都會。走過白天，走過黑夜；離開情人，迎向朋友。還有翻山越嶺，深入森林，橫越雪原，穿過都市叢林。有時乏味，有時狂喜；有時痛苦不堪，有時開心不已。我也試過一走了之，甩掉煩惱。但無論為何而走、走去哪裡，我總是不斷地走著。甚至還走到了世界的盡頭——毫不誇張。

每次走路都各有不同。但回想起來，我發現其中有個共同點，那就是內在的寂靜。走路和寂靜是一體的。寂靜很抽象，而走路很具體。

有家庭之前，我從沒想過走路為什麼重要。但孩子們想知道答案：明明開車比較快，為什麼非走路不可？連大人都會問：從一個地方**慢慢地**移動到另一個地方，意義何在？

4 為什麼走路

一步接著一步往前走，是人類所做的最重要的一件事。

到目前為止，我給的都是最顯而易見的答案，因為這樣又快又簡單——正好違背了走路的本質：緩慢。你大概也會這樣回答。我會說，走路延年益壽，有助於強化記憶力，降低血壓，增強免疫力。但每次這麼回答，我心裡都知道自己只說出了一半的真相。走路不只是維他命廣告裡列出的種種好處而已。那麼，另一半的真相是什麼？

我們為什麼走路？從哪裡走來，又要走向哪裡？每個人都有自己的答案。即使我們兩人並肩走在一起，走路的體驗也可能相差天壤。一旦穿上鞋子，任由思緒遨遊，我就很確定一件事：一步接著一步往前走，是人類所做的最重要的一件事。

走，咱們走路去吧。

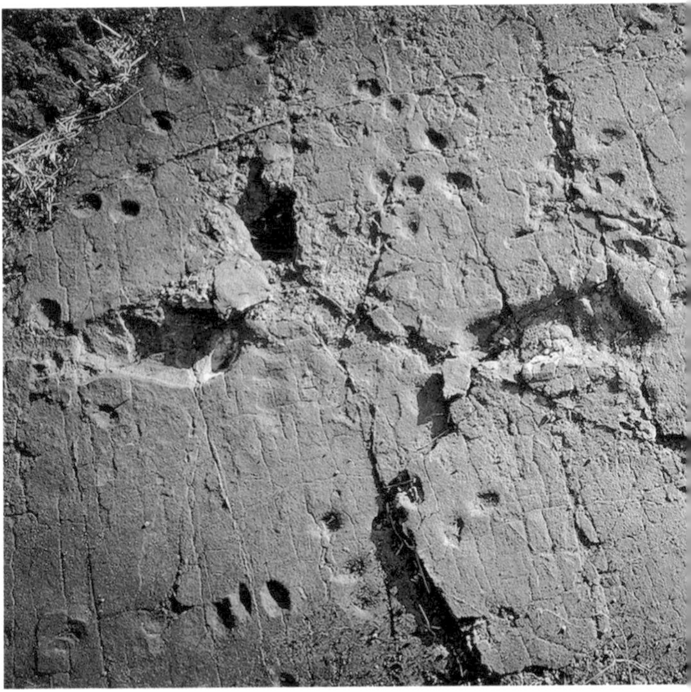

譯註：考古學家在坦尚尼亞發現的人類足印。

II

5

走路的時間

山會一點一點朝著你迎面而來。

走路時，一切事物都慢了下來，世界變得更柔和。在這段短暫的時間裡，我不做家事，不開會，也不讀稿。我不趕時間，自由自在。有幾分鐘或幾小時，家人、朋友、同事的看法、期望和心情，全都變得不再重要。走路時，我成了自己生活的中心，過沒多久，甚至會沉入自己的世界裡，渾然忘我。

同一趟旅程，花兩小時比花八小時更省時，這是舉世公認的真理。這在數學上雖然站得住腳，我的實際經驗卻剛好相反：旅行的速度加快，時間就過得更快。速度感和時間感平行增加，因此一個小時感覺上似乎不到一個小時。趕時間的時候，我很難留心周圍的事物。

開車上山途中，四面八方的小池塘、山坡、岩石、青苔和樹木匆匆掠過，生命本身像被縮減，感覺變短了。你注意不到風、氣味、天氣的變化，或是瞬息萬變的光影。你的腳不會痠。周圍一切全都模糊掠過。

步調加快時，縮減的不只是時間，還有空間感，你一下子就到了山腳下。甚至連距離感也縮短了。大老遠跑到一個地方，你很可能會覺得自己體驗了很多。事實是否如此，我很懷疑。

然而，如果你花一整天的時間**步行**在同樣的路線，而不是只花半小時開車經過呢？把呼吸放緩，仔細傾聽，感覺腳下的土地，辛苦跋涉——這樣的一天就會變得全然不同。山會一點一點朝著你迎面而來，周圍的一景一物也會放大。熟悉周圍的景物需要時間，就像交朋友。前方的高山，會隨著你一步一步接近而改變樣貌，等到你抵達時，就會像你熟悉的好朋友。你的眼睛、耳朵、鼻子、肩膀、腹部和雙腿，都在對山說話，山也一路回應著你。時間隨之拉長，超越了小時和分鐘。

這就是步行者藏在心中的祕密：走路的同時，生命延長了。走路擴展了時間，而非掐縮了時間。

6

慢下來

如果你永遠選擇阻力最小之路，你的選擇就會一成不變。

每次要從兩個或更多的選項中選一個，我都會選最簡單的那一個，也就是花最少時間的那一個。或是最方便、最不用受凍的那一個，即使知道另一個選項可能才是更好的選擇。有些時候，我從起床到回家都是選阻力最小之路。沒錯，我可以連續好幾天這樣。這件事困擾著我。

把事情變得有點不方便，讓我的生命多了一種面向。從有記憶以來，我的心裡就有個小惡魔，時常要我選擇阻力最小之路，例如捨棄原路抄捷徑、不去探望生病的朋友卻跑去泡咖啡館，或是該起床卻一直賴床。這好比一旦習慣開車代步，便很難改變，因為開車就是比較舒服。

每次都讓內心的小惡魔牽著鼻子走，似乎是逃避世界的一種方式，也白白放掉了生命惠賜給我們的機會。哲學家海德格（Martin Heidegger）說，聽從這類內心惡魔的聲音，很容易陷入有如被奴役的關係裡。每次都屈服於它，甚至可能表示我們已經無法自拔，雙腳深深陷進溼軟的沼澤裡。對海德格而言，用這種方式**活著**，跟**主導**自己的生活是有所區隔的。這位哲學家認為，人類應該願意為了獲得自由而苦勞其身。如果你永遠選擇阻力最小之路，挑戰最少的選項永遠會是你的第一選項。那麼你的選擇就會一成不變，早在預料之中，這樣不但活得不自由，也活得很無聊。

生活中有太多事求快，走路卻要你慢下來。這是你最激進的選擇之一。

7 受未知事物吸引

如果把手機留在家，抬起眼睛看，我才會活在當下。

建議人走錯方向或故意迷路，或許是過分了點。但我認為，這樣的建議也不無好處。

一九八七年，我跟女友一起去尤通黑門（Jotunheimen）山脈健行，還去爬了挪威的第三高山大斯卡加斯特峰（Store Skagastølstind）。她是經驗老到的登山客，所以一路由她帶領。然而，到了山頂，雨雪和大霧讓我們措手不及。四面都是峭壁，在濃霧中多走一步都可能喪命，我們不得不在某個小高原上過夜。因為沒有帳棚也沒有睡袋，為了避免失溫，我們整晚跳上跳下、甩手、打空拳，但還是凍到快結冰。今天回想起那次健行，那是我記憶中跟她共度過最快樂的時光。在那種驚險的狀況下一起過夜，讓那一晚顯得與眾不同，有別於其他安穩舒適的夜晚，在我心裡留下深刻的印象。日出之後，我們幫助彼此爬到山下安全的地方，才發現在黑暗中度過的時間，讓我們更加靠近彼此。

我常常迷路，次數多到我不由納悶，自己會不會冥冥之中受到未知事物吸引，甚至喜歡上不知自己身在何方的小小神祕感。用谷歌地圖時，我永遠知道自己在哪裡，結果有時候我看螢幕的時間多過觀看周圍景物的時間。如果把手機留在家，抬起眼睛看，我才會活在當下。世界因而變得更大。突然間，我開始認識某個街區、一座城市，或一片森林。

小時候，我跟哥哥岡納（Gunnar）有次在奧斯特馬卡（Østmarka）林間迷了路。他說：「我以前在這裡迷過路，所以我知道這裡是哪裡了。」

8 走向自然

四分之三的英國兒童在戶外的時間比囚犯更少。

一般人認為，關在監獄裡的囚犯活動量最少。實際狀況卻沒那麼簡單。四分之三的英國兒童在戶外的時間比囚犯更少。五分之一的兒童一天之中有大半時間都待在室內。九分之一的小孩一整年沒去過公園、森林或海邊。大多數時間，他們都在室內對著螢幕。

根據英國《衛報》的報導，很多英國父母都說他們知道戶外活動很重要，卻覺得無能為力改變自己的小孩。整天待在室內，就意味著缺乏欣賞神奇大自然的能力，如季節的變化、動物的生活、陽光、雨、山林小徑，還有我們所在的地方。

戶外活動在英國也跟社會階級有關。根據英國野禽和溼地基金會（Wildfowl & Wetlands Trust）二〇一六年所做的研究，貧困家庭長大的小孩，更有可能花較少的時間從事戶外活動。

9 富人與窮人的不同

小孩摀著臉走路去上學，富人可以躲在車裡。

根據我的經驗，在貧窮問題嚴重的城市，富人跟窮人最大的不同，就是不需要在街上走動。每年冬天，德里都會籠罩在濃密、混濁的霧霾中。富人可以躲在車內，因為外面的空氣瀰漫著高濃度的廢氣、細懸浮微粒和地表臭氧，同時你會看到小孩摀著臉走路去上學。二〇一五年，印度因為空氣污染致死的人數多達百萬。

10

永遠別忘了張開眼睛看

我雖然看不到，但我知道春天一到，橡樹就會開始分泌樹液。

從我家前門大約走七十五步，就會經過一棵橡樹。我記得那棵橡樹一年四季的變化。冬天，在破曉前的灰暗光線下，光禿禿的橡樹看起來或許有如怪物。日出之後，白天的光線就會讓它顯得比較慈眉善目。橡樹的樹梢、樹皮和樹幹各有自己的微氣候，裡頭的數百種昆蟲、地衣和苔蘚各自過著自己的生活。一到春天，樹葉和色彩慢慢出現。這棵傳說要花五百年生長、五百年死亡的橡樹昂然挺立，花粉隨風飄散。我雖然看不到，但我知道春天一到，橡樹就會開始分泌樹液。

在尖峰時段開車，我看見的是慢吞吞開在我前面的那輛車，還有打我前面經過、邊走邊用手機發簡訊的行人。這類事情總是讓我生氣。有時，我甚至會看向跟我困在同一排車陣中的其他駕駛人，愈看愈不順眼，因為他們跟我一樣，坐在車陣裡浪費時間。到目前為止，我在尖峰的車流中沒看過半個臉色好看的駕駛人。

每次開車快速穿過隧道或高速公路，周圍的一切看起來都跟平常毫無二致。抵達目的地時，似乎什麼都沒體驗到。速度快對我的記憶是一種威脅，因為記憶建立在對時間和空間的認知上。然而，困在快速移動的車輛中，人對時間和空間的感知都會縮減。廣播上的聲音和音樂變得有如噪音。流行歌曲每首聽起來都差不多，用自信聲音播報的新聞也一樣，儘管早上和中午的新聞內容並不相同。

瑞士作家羅伯．瓦爾澤（Robert Walser）在《漫步》（*The Walk*）這本散文集中，寫下自己多麼希望從一地移動到另外一地而不感到瘋狂。他寫道：「我永遠也無法理解，匆匆經過這個美麗地球呈現在我們眼前的景物，怎能感到喜悅。那就彷彿一個人發了瘋，因為害怕隨之而來的絕望，不得不加快速度。」

到了夏天，橡樹葉子朝上的那一面呈現無數種層次的深綠色，朝下的那一面則閃爍著淺一些、幾近藍色的綠。花很小，我還得仔細找一找，靠近一點才找得到。

對我來說，這棵橡樹彷彿在告訴我們，永遠別忘了張開眼睛看。

11 發現之旅

用雙腳走過每一段路，世界感覺變大好多。

家父活躍於地方政治圈。我對童年最初的記憶之一，就是跟著父親到街坊附近發傳單。我們會用一整晚的時間，把傳單塞進幾百個信箱裡。在那之前，我常搭電車經過同一條路線，現在卻得用雙腳走，感覺距離突然變長了。我還記得走著走著，我的膝蓋肌腱開始發燙。而且，不像平常那樣坐在電車座位上，透過車窗觀看周圍的景象，而是用雙腳走過每一段路，世界感覺變大好多。我開始體會身體、環境和想像力彼此相連的方式。我還是可以幻想走遠路的感覺，但那一晚我對長途跋涉開始有了認識。

從那時候起，我用雙腳走過我目前居住的城市奧斯陸的大街小巷。從維斯特利（Vestli）和莫頓斯呂（Mortensrud），到霍姆利亞（Holmlia）、羅瓦（Røa）和霍姆克倫（Holmenkollåsen）。我想多瞭解我居住的城市的人都怎麼生活，於是利用週末和傍晚的時間去走路，漸漸把大半奧斯陸都摸熟了。現在如果有人談起富路塞特（Furuset），對我來說，那不再只是地鐵線上的一個站，而是我認識的一片地方，有我熟悉的別墅、公寓大廈、清真寺和教堂，以及首任聯合國祕書長特呂格韋．賴伊（Trygve Lie）的醜醜紀念碑。我的下個計畫是以我所在的地方為中心，畫出幾個圓，分別是半徑一到五哩，然後繞著圓周走一圈。

有時候，走路就是展開內在的發現之旅。周圍的建築、臉孔、標誌、天氣和氣氛會塑造出不一樣的你。也許我們生來就是要走路的，即使在大城市也一樣？走路，結合了移動、謙卑、平衡、好奇、氣味、聲音、光線；如果走得夠遠，還有**渴望**。有如伸手尋找某樣東西，卻找不到的感覺。葡萄牙人和巴西人用一個難以翻譯的字眼來形容這股渴望——saudade。這個字含括了愛、痛苦和快樂。可以把它想成是讓你不安的喜悅，或是帶給你充實的不安。

12

走路看到的轉變

每天重新邁開步伐，那棵橡樹都會微微轉變。

早上要從家裡移動到市區時，我可以感覺到一股混亂。我的思緒和野心必須先從床上移動到廚房，再轉移到小孩的午餐便當，最後再到一群出版社的同事身上。這是兩個截然不同的世界。走路的時候，我感覺到自己多出一段有如天賜的時間，能把自己從一種現實移轉到另一種現實。

走路時，我可以想停就停，環顧四方，然後再繼續邁步。那是小規模的無序狀態：在我腦中流動的思緒，或是身體感受到的焦慮，會在走路時漸漸轉移、消散。邁出第一步時，混亂為王。走到目的地之後，一切自然而然變得更有秩序，即使走路時我根本沒去想混亂的事。

如果我選擇搭地鐵或開車去上班，從家裡到市區的轉換就發生得太快，讓我無法完全從家庭生活中抽離。這種時候，感覺就像把家庭生活帶到辦公室。來到下班時刻，我的腦袋又得再從工作切回家庭生活。

每天早上上班途中，我雖然不冀望強烈的驚喜，但確實會抱著些許期待。而且每天幾乎都有東西引起我的注意，讓我的思緒停下來，或是停下腳步去觀察。我家離公司有兩哩遠，某方面來說太短了，但絕對比只有五百碼好。有個古老的哲學悖論說，你在街上找不到珍貴的東西，因為珍貴的東西如果躺在街上，早就被人撿走了。但是環顧四周，我發現到處都是珍貴的東西。

觀察人樂趣無窮。在城市裡散步時，微小的印象會逐日加深。手拿一杯星巴克咖啡，經過坐在法克里捷運站（Valkyrie Plass）涇答答的人行道上、腿上擱著殘疾小孩照片的羅馬尼亞乞丐面前，你會覺得每分每秒都很難熬。我不認得的臉孔從我眼前匆匆掠過，有些戴著白色 iPhone 耳機開心聽著音樂，有些一臉沮喪焦慮，彷彿擔心有狙擊手躲在某棟建築物的屋頂上。

即使是昨天同一時間走過的同一段人行道或徒步區，一切已然不同。有些人我陸續觀察了好多年，從他們的步伐看得出他們變老了。每天重新邁開步伐，那棵橡樹都會微微轉變，建築物側邊的圖案微微褪色，我二十四小時前才看過的臉已經變老。這些轉變很小，發生的速度極慢，很難每天看得出來。但因為走路，我知道這些事正在發生。

北極往太陽傾斜時，就是夏天，這裡幾乎二十四小時都像白晝。這時候，要看出彩虹裡的每個顏色非常容易。某個程度來說，色彩幾乎像是硬推到你面前，你不想看到都難。到了秋末，半個地球都籠罩在陰影中，換成黑暗上場。其實，當太陽低掛天空時，藍色、紫色、紅色、黑色和黃色的變化反而更多，只是你必須稍微努力看才看得到。夏天的色彩是直接送到你面前，然而冬天裡想看到色彩，有時得專心注視。先是凝視著微弱的光線，過幾分鐘之後，各種色彩就會顯露在你面前，甚至比夏天更豐富。

如果我還有力氣，我就會猜猜打我面前經過的人在想什麼，有什麼任務在前方等著他們。我只有幾秒鐘的時間觀察棒球帽底下的疲憊眼神，或是好奇某個女人為什麼嘴角含著一抹微笑。到了下午，我看見憂心忡忡的人，猜想他們八成是趕在托兒所關門前去接送小孩的父母。我知道那種感覺。或許他們只是壓力大，並沒有在趕時間或要趕去什麼地方。

衣著有時也夾帶許多訊息。身穿高級西裝、頂著光鮮髮型的男人，在我看來就像要趕去事務所的律師。瑜伽老師也有自己的穿衣標準。戴著硬領的牧師有一種略微正式的獨特走路方式，但我總覺得，牧師就算沒戴硬領也這樣走路。我有個鄰居的職業是軍官，穿便服時依然像個軍人，走路和舉手投足跟穿著制服時一樣。

在擁擠的街道上，我有多常
與人群一同前進，並對
自己說：「每張從我面前
經過的臉，都是一個謎！」

——威廉．華茲華斯（William Wordsworth），〈序曲〉
（The Prelude）

13 白鞋

在奧斯陸走一整天的路，你的鞋子有可能仍潔白如新。

我給自己買了一雙白色運動鞋，好在市區走路的時候穿。白色皮革，白色鞋底。我們的祖先離開灰塵漫天的大草原，往北走，穿過泥土和灰塵。過了兩千個世代之後，我的辦公室地板鋪了地毯並用吸塵器吸過，家裡的地板擦得乾淨溜溜。人行道有人清掃，地鐵和電車也有人清理。在奧斯陸走一整天的路，你的鞋子有可能仍潔白如新。

14

緩慢

「緩慢的程度，跟記憶的強度成正比。」

米蘭・昆德拉（Milan Kundera）在《緩慢》（*Slowness*）這本小說中寫道：「緩慢和記憶有種祕密的連結。」讀到這句話的時候，我在他的文字裡看見了自己。

昆德拉描述一個人走在街上，努力回想一件已經遺忘的事。當下，他自動放慢了速度。另一個人想忘記不愉快的事，做的事剛好相反：不假思索地加快腳步，彷彿想逃離他剛剛的經歷。

昆德拉把這兩個例子改寫成關於存在的數學式和兩個方程式：「緩慢的程度，跟記憶的強度成正比；速度的快慢，跟遺忘的強度成正比。」

昆德拉差一點就要觸及那個超越記憶和遺忘的東西。走路時，

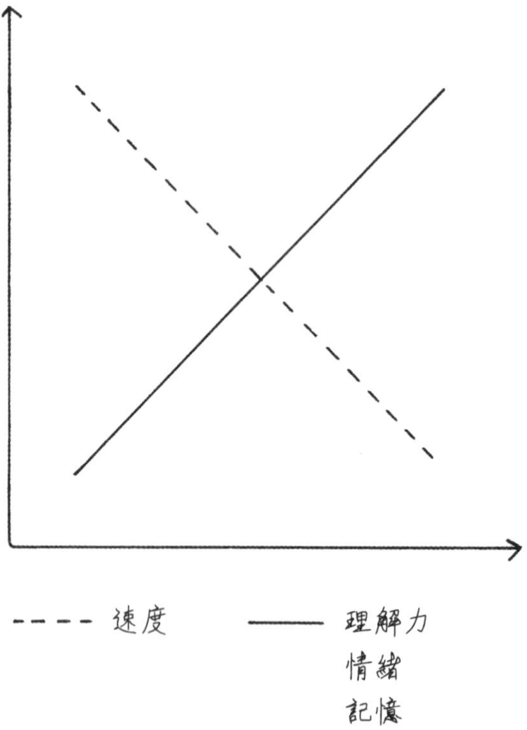
速度
理解力
情緒
記憶

我們選擇的步調，對思考方式可能具有決定性的影響。我嘗試把昆德拉的方程式裡的「記憶」換成「理解力」。理解力可能代表很多事，但如果把它想成抽象思考的能力，或是把過往經驗套用進新狀況的能力，我相信昆德拉的公式一樣站得住腳。

「情緒」似乎比「理解力」更難成立。但對我來說，將情緒放進昆德拉的方程式中，卻是有意義的練習。當我用很快的速度走路時，感覺上很多情緒都會跟我保持一個距離。等我慢下來，情緒才又復返。

15

活生生的詩

「走路的人，應該懷著最大的愛和專注力。」

走路的時候，至關緊要的想法和經驗，可能跟微不足道的想法和經驗混合在一起。好笑的事跟嚴肅的事可能一樣有意義。瓦爾澤的《漫步》裡的無名作者暨主角說，走路「有振作精神、撫慰人心、使人開心的效果」。他對稅收員說：「關在家裡，我會腐朽、乾涸，悲慘終日。」稅收員卻認為敘述者應該少走路、多繳稅。無名主角想說服稅收員改變想法，還說走路對收集寫作資料十分重要。身為作家，我知道此言不假：「走路的人，應該懷著最大的愛和專注力，研究並觀察每一種小到不能再小的生物，無論是小孩、小狗、蒼蠅、蝴蝶、麻雀、毛毛蟲、花朵、人、房子、樹木、籬笆、蝸牛、老鼠、雲、山丘、樹葉，甚或一張被丟棄的廢紙，上面可能是某個討人喜歡的孩子在學校第一次寫下的歪歪斜斜字母。」聽完這一番話，稅收員謝謝他給的解釋。我們並不知道最後這位無名作者是否說服了他。但現今的新世代看來已經採納了這位會計師的理想：多坐，努力工作，打拚事業。

瓦爾澤的角色在走路時體會到了「活生生的詩」。我的觀察力沒有他那麼敏銳。有時候，我會邊走路邊講手機或傳訊息，因為覺得自己的時間很寶貴。這種時候，走路不過是一種移動方式罷了。這麼做的時候，我往往在欺騙自己，高估自己的重要性，其實大多數事情半小時後再處理也無妨。早在二千五百年前，善講寓言的奴隸伊索就嘲笑過人類需要同時做好幾件事（一心多用）。根據散文家蒙田（Michel de Montaigne）的說法，伊索看到自己的主人邊走路邊小便，忍不住問他：「噢，難道我們得邊跑步邊大便嗎？」

16

體驗一座城市的方法

用整副身體去體驗一個地方。

旅行到了一個新地方，除非有機會到處走走看看，否則我很難真正感到自在。在都市裡，我會走遍大街小巷，讓雙腳畫出地圖，就像小時候走路去把政治傳單塞進我幾乎搆不到的信箱一樣。我會設法用整副身體去體驗一個地方，而不是之後再用雙眼去觀察雙腿已經發現的地方。透過這種不斷變化的方式，我發現了新的座標，認識了新的地方。這是屬於我個人的地誌踏查。

很多城市似乎都是為了開車設計的。但從車窗內觀察一座城市，跟欣賞同一座城市的照片似乎差別不大。在洛杉磯，走在路上可能被警察攔下來，因為走路讓你顯得很可疑。「你走路？」這是我親身的經驗。要認識這樣的地方極具挑戰性，也讓我深感困擾。

我決定跟兩位好友一起步行穿越洛杉磯，為的是更接近那裡的人和土地，用自己的腳掌從低處和高處去認識鄰里街坊。我們打算從凱薩查維斯大道（Cosar Chavez Avenue）和北湯森大道（North Townsend Avenue）的交叉口出發，往西走四十哩穿越市區，經過聯合車站，再沿著日落大道經過回音公園、銀湖、好萊塢、比佛利山莊，還有太平洋帕利薩德（Pacific Palisades），一直走到太平洋沿岸馬里布市（Malibu）的街道盡頭。這趟路只需一天就能走完，但我們想用四天的時間去走。

之前，我開車經過日落大道以東的山達基（Scientology）教會很多次。這棟七層樓高的V形藍色大樓讓人印象深刻，一眼即知山達基教會多麼有錢有勢。大樓本身已經成為觀光客和當地居民的路標。每次開車經過，想到要有多少信徒才能填滿這麼大的空間，我不由得肅然起敬。步行橫越洛杉磯時，我們決定在那裡稍做停留，進去教會看看，請教會指點我們如何過更好的生活。這棟龐大建築的內部空蕩蕩，有如鬼屋，除了四名山達基教會的代表，不見半個人影。代表看到我們，一副很高興的樣子。教會的外觀顯然不能代表它的內部。

經過九十分鐘的山達基歷史介紹、性向測驗，以及跟一名教會代表私下交談過後，我被診斷出許多問題，我的兩位朋友也是。教會主動說要提供我們幫助。

我們朝著太平洋往西繼續前進，驚訝地發現洛杉磯的樹好少，美甲沙龍和喝醉酒的人好多。放眼望去都是占地廣大的人造建築，到處可見公共住宅；我們對洛杉磯的印象是，這城市一半的人口都在替另一半的人口做美甲。在城市裡走路的最大樂趣，是可以置身在人群之中。整趟路途下來，我們是社會人類學家所謂的「參與者」，而不只是「旁觀者」。你的所見所聞和你的所作所為，兩者的差距縮小了。

從山達基教會到西好萊塢，距離只有幾哩遠，差距卻很懸殊。

Lawrence Weiner
Use Enough to Make It Smooth Enough, Assuming a Function, 1999

西好萊塢是日落大道的一部分，充斥著舊片廠、新瑜伽教室、富客漢堡（Fatburger）、減重中心、猛開藥的診所和妓女。這裡的名貴汽車、豪華飯店、餐廳和霓虹燈，似乎成了一個緩衝區，把西邊富有的比佛利山莊跟其他地方隔開。

每天有四萬四千部車輛快速行經比佛利山莊。家家戶戶前面都有「武裝保全中」的警示牌。這一段日落大道沒有一條路叫作「死亡彎道」[1]。我們得在賓士、保時捷和「非請勿入」的告示牌之間小心行走。近到讓人提心吊膽的汽車讓人很難走路。日落大道上的三十五哩速限，想必是西半球最不被放在眼裡的速限。往西又走了幾哩，我們經過為十三歲的女孩茱莉亞．西格勒（Julia Siegler）臨時豎立的紀念碑。某天上學途中，她在橫越日落大道時被兩輛車輾過去。根據當地雜誌《綜藝》（*Variety*）的報導：「她熱愛跳舞和紫色。」

三天之後，我決定到太平洋帕利薩德的蘿西美甲（Rosie

Nails），做生平第一次的足部護理。我們坐在店裡把臭襪子和運動鞋脫掉時，兩個住在附近的女人開著閃閃發亮的大型休旅車抵達，身著光滑的瑜伽服。看樣子她們是天天造訪。只見她們的瞳孔放大，口齒不清，大概是早餐吞了止痛藥，能走進沙龍沒跌倒就已經很不錯。

走在日落大道上，我們看到很多喝醉酒的人，但是都比不上在美甲沙龍遇見的這兩個女人可悲。正如我朋友所說：「其他人多半沒辦法去接小孩放學。」

有人告訴過我，得天獨厚的洛杉磯人都開悍馬車或休旅車，高踞在車上就不會看到路上的遊民。但我在人行道上的體驗卻非如此。短短幾天接觸過洛杉磯的毒蟲、演員、藝術家、酒保和警察之

1 譯註：「死亡彎道」（Dead Man's Curve），一首以青少年飆車為主題的流行歌，以日落大道為背景。

後，我的印象是，洛杉磯的人只想看見比自己成功的人，因此才不會注意到時運不濟的人。

在這麼短的時間內認識這麼多不同的人，見識到各種面向的洛杉磯，我的感想是，人無論如何都很相似。每個人都擁有美麗、愚蠢、聰明、善良、邪惡、軟弱、堅強、樂觀和悲觀的特質；我們都要經歷輸贏的試煉。

走路的時候，我們努力抓到走路和觀察的自然節奏，卻往往無法如願。走路穿越一座城市，沒有絕對的完美速度。步伐的快慢，會隨著該地區的複雜程度、交通狀況、有無人行道、遇到多少人、之後想帶回多少回憶而改變。大腦皮質會篩選對你而言重要的東西，之後也需要時間觀察並詮釋種種印象，就像讀一本書。我們理解了什麼，端看我們把注意力放在哪裡而定；人的注意力畢竟有限，無法照單全收。如果加快步伐，能注意到的東西自然會減少。

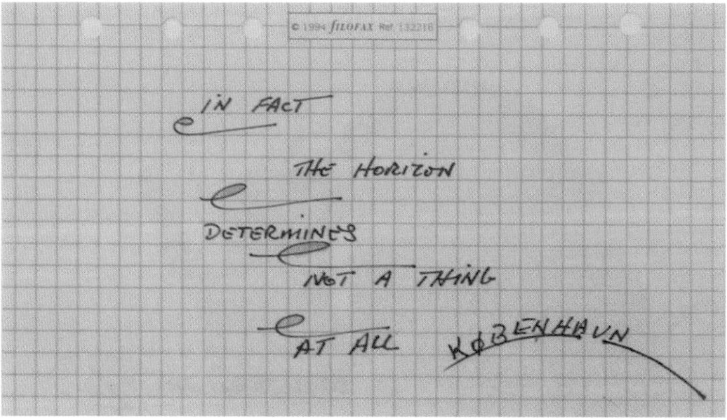

Lawrence Weiner
Untitled (filofax), 1990-tallet

在這種情況下，就如神經學家卡婭．努爾英恩（Kaja Nordengen）跟我說的，你可能「看了卻沒看見，聽了卻沒聽見」。

如果把每次停下來的時間都算進去，那麼我們步行橫越洛杉磯的平均速度，大概會落在每小時一．二哩上下。

17 走出伊甸園

即使是上帝，都喜歡傍晚散散步。

一九七〇年代初，我聽到了上帝把亞當逐出伊甸園的故事。課本上有張圖，畫出赤裸裸的亞當垂頭喪氣離開伊甸園的景象。那是我小學六年級少數印象深刻的事件。然而從那時開始，我就相信故事有另一個版本，那就是：亞當不是被趕出伊甸園的。

亞當和夏娃在伊甸園裡無所事事。夏娃很好奇，想知道她的男人要是吃下善惡之樹的果子會發生什麼事，於是引誘他吃下果子。伊甸園的蛇說得沒錯，吃下神奇之樹的果子以後，他們開始能夠分辨善惡。

下了決定之後，兩人立刻「聽見主上帝在起了涼風的園中行走」，便跑去躲起來。以上是人類有史以來最早一段有關走路的文學敘述。第一次聽到這個句子，我大概七歲，腦中想像著上帝步行穿越茂密的花園、尋找亞當夏娃的畫面。一個無可奈何的老人，身上一襲破舊的束腰上衣，一頭亂蓬蓬的長髮加上一把大鬍子，從容自在地邁著步伐。我喜歡這個想法：上帝在伊甸園裡漫步。即使是上帝，都喜歡傍晚散散步。

這個故事提醒我日常生活的挑戰。牙膏或汽車廣告上的美好生活看似完美，現實中我卻覺得難以忍受。日常生活往往缺少一種關鍵的感受：**刺激**。希望、愛和喜悅之類的感受變得太過相似，我們好像集體服用了鎮定劑。我猜想，亞當和夏娃也有同樣的焦慮，覺得日常生活缺乏刺激。聖經對於亞當成為史上第一位探險家之後的事少有著墨。我們可以大膽假設，亞當沒有「從此過著幸福快樂的生活」。以前在伊甸園，他大概無聊到要發瘋。出了伊甸園，他雖然逃離了無聊的生活，卻遇到很多新問題。然而，等他走了一段路，發現只要他想，就可以一直走下去，應該會覺得滿心喜悅。過去在伊甸園裡困擾他的強烈不安，總算逐漸消散。取而代之的，想必是一種前所未有的刺激感受。

18

小說角色走過的路

拋下故事，親自去走一遍這座城市。

喬伊斯（James Joyce）的《尤利西斯》（*Ulysses*）和克努特·漢森（Knut Hamsun）的《飢餓》（*Hunger*）的主角分別走過的都柏林和奧斯陸街道，我都走過。即使你剛吃飽，走過《飢餓》裡餓著肚子的無名敘述者走過的地方，再來看這個故事，感受還是會不一樣。「整條街就像一片沼澤，熱氣蒸騰。」這是漢森對奧斯陸的主要街道卡爾約翰（Karl Johan）大道的描述。今日看來仍舊貼切。走了五分鐘之後，「我在司圖加騰路（Storgaten）的一間地下咖啡館停下來，冷酷又清醒地盤算該不該馬上冒個險，去摸點午餐來吃。」今日的司圖加騰路跟一八九〇年仍然很像，那正是漢森的小說問世那一年。無家可歸的人們還是餓著肚子在街上走。這一類的觀察就像小小的路標，幫助我進入更大的現實——或虛構世界。

一九四八到五九年間，作家納博科夫（Vladimir Nabokov）在康乃爾大學教授喬伊斯的小說《尤利西斯》。全書多達七百三十六頁，書中的兩位主角史蒂芬．迪達勒斯和利奧波德．布魯姆，在一九〇四年六月十六日這個「尋常的一天」，步行穿越都柏林的街道，進出房子，上下階梯。一整天下來，那些似乎比走路更重大的事件，例如布魯姆的兒子魯迪在襁褓中過世、妻子自從悲劇發生就不願跟他有肌膚之親，以及父親自殺，在這一天當中不過是淡淡的背景。

納博科夫認為，要瞭解這部小說且欣賞喬伊斯的作品，光是知道書中角色走過都柏林街道，還有他們在想什麼、做什麼，這樣是不夠的。他要求學生想像小說角色走路的方式，還有走路的時間：「與其賦予那些矯揉造作、毫無意義的荷馬式、色彩、直覺的章節標題不朽的價值，教學者不如準備好都柏林的地圖，清楚標出布魯姆和史蒂芬複雜交錯的步行路線。」

我喜歡這個建議。布魯姆偏執地指出每條街道的名字，彷彿在對讀者提出邀請，鼓勵他們拋下故事，親自走一遍這座城市。納博科夫自己真的這麼做。他製作了一份地圖，用箭頭、號碼和街名標出兩個角色走過的路線。

我研究過這份地圖，還親自走過故事展開的街道。納博科夫說得沒錯。一旦你沿著布魯姆走過的路，來到小說中提到的戴維拜恩酒吧（Davy Byrne's），喝一杯喬伊斯午餐愛喝的勃艮第紅酒，你對小說家描寫的酒吧會有全然不同的感受。藉由這種方式，閱讀這本小說的體驗也會隨之改變。

丹尼爾・笛福（Daniel Defoe）的小說《魯賓遜漂流記》，靈感來自蘇格蘭人亞歷山大・塞爾科克（Alexander Selkirk）的真實經歷。一七〇四年九月到一七〇九年二月二日，塞爾科克流落到智利沿岸的胡安費爾南德斯（Juan Fernández）群島的一座小島上。打從小時候父母念了魯賓遜漂流荒島的故事給我聽，我就為之著迷。我爸還告訴我，這本小說是根據真實故事寫成的。

日後，塞爾科克流落的小島想當然改名為魯賓遜島。（誰能責怪當地的觀光局為了吸引更多人潮而這麼做？）一九八六年，我從百慕達群島取道巴拿馬運河，前往這座小島。

我很驚訝小島的地形跟書中的描述如此吻合。我走了一遍笛福描寫的地點，找到魯賓遜的瞭望台和海邊的洞穴。有一天，我試著徒手爬上小島的最高點，但是沒能成功，因為沿途有太多鬆動的岩石。不過我還是爬到一處夠高的地方，足以鳥瞰整座小島。突然間我發現，我幻想中的小說其實包含了兩個故事：第一個是我小時候在家裡聽到的故事，第二個是我用雙腳親自體驗過的故事。我看見紅紅的火山地質從岩石、峭壁延伸到海邊的雜草，到了較高處轉成濃密的植物、荊棘和樹木，最後達到海拔三千兩百呎的林木線。

我從海邊走到瞭望台俯瞰太平洋，就如同塞爾科克和魯賓遜走來搜尋海上是否有船經過。往上的路沿著自然地形延伸，所以我走的很有可能就是塞爾科克走過的路。他一路爬到兩千呎高，希望那天會看到船隻經過。他等了四年又四個月才終於等到船。或許一年年過去，這趟路不斷讓他失望而歸？我不知道，但我願意相信，走路、懷抱希望、希望落空，以及眺望海面，支持他活了下來。只要爬坡上山，他心裡就還有希望。

站在高處，不難理解他為什麼會選擇這個地點。從這個制高點往下看，四面八方都可以眺望好幾海里遠。但瞭望台也提供了另一個視角。當目光穿過小島，往更遠的無邊海洋延伸時，我感受到當年塞爾科克獨自站立此處，這幅景象一定給了他內在的力量，一種心靈的能量。

在瞭望台上，我尋找著魯賓遜發現腳印的沙灘——他在島上生活的轉捩點，卻怎麼也找不到。離開之前，我又在島上繞了最後一圈，還是沒發現羅賓遜島的那片沙灘。塞爾科克也沒有發現軟綿綿的沙灘，所以後來他成了一個赤腳的惡魔，腳底變得堅硬無比。最後他終於被救起時，船上的水手驚見他正在遍布岩石的海岸邊追著一頭山羊。他撲過去摺倒山羊，把羊給宰了。

19

透過雙腳認識自己

二十六片骨頭、三十三個關節、一百多條肌腱、肌肉和韌帶。

你的腳就是最好的朋友。你可以透過雙腳認識自己。

你的雙腳跟你的眼睛、鼻子、手臂、軀幹和情緒對話。這樣的對話往往發生得很快，腦袋甚至來不及趕上。雙腳幫助我們精確無誤地往前行。它們會閱讀地形，辨別腳底下的東西，處理每一種印象，藉此判斷要往前方還是往旁邊踏出步伐。

腳是一種強韌又複雜的機制。內含二十六根骨頭、三十三個關節、一百多條肌腱、肌肉和韌帶，撐起身體，讓身體保持直挺、平衡。史前的人類祖先尚未直立行走之前，我們的雙腳已經開始進化。為了適應環境存活下來，人類的雙腳逐漸改變，但經過了兩百多萬年，挪威人過去為了存活下來所做的事，逐漸變成為了好玩才做的事。這些活動，包括荒野健行、征服高山、攀登峭壁、到林中找地方生火，正因為不再是**非做不可**，才帶來最大的樂趣。雙腳原本是因為幫助人類存活而進化，至今在世界大多數地方仍是存活的關鍵，但也成了尋找絕美海灘、繞路回家、踮腳走進房間，或逃避問題的工具。

然而，我們的腦袋有時會失去和雙腳的連結。我認識一位律師，以前她工作時間長，壓力又大，但她很樂在工作，直到某天超出她的極限，恐慌症發作，她以為自己會沒命。請假休養許久之後，她恢復全職的工作，但過沒多久，恐慌症再度發作，且伴隨劇烈的頭痛。醫生介紹她去做身心失調的物理治療[2]。第一次療程期間，

2 譯註：身心失調的物理治療（psychomotor physiotherapy），一九四〇年代晚期源於挪威的一種物理治療法，能夠幫助病患體察身體和心智如何互動，藉此疏導身體的壓力。

治療師要求她直直站好，問她有什麼感覺。她說沒有任何感覺。治療師問她腳底下、雙腿和大腿有什麼感覺。除了頭痛欲裂，她什麼也沒感覺到，直到夾緊大腿的肌肉才有些許感覺。後來，治療師要我這位律師朋友坐在椅子上，腳踩著兩根木釘，腳底可以在木釘上滾來滾去。接著，治療師又問她有什麼感覺。

「感覺？」律師聽到這個一再重複的問題就火大，因為她的答案還是一樣——沒有感覺。

隔週，她開始覺得腳底痛到不行。治療師要她站在木釘上，雙腳來回滾動。她痛到整個人癱在地上抽搐。

後來這位律師才瞭解到，治療師要她做這些練習，是為了讓她的腦袋重新跟身體產生連結。她的腦袋必須重新接觸地面，回到現實。

20 步伐反映生命

步伐只要跟平常稍微不同，就能讓周遭的人知道你今天過得好不好。

走路的方式也反映了內心的**感受**。步伐只要跟平常稍微不同，就能讓周遭的人知道你今天過得好不好。

斯旺西大學（Swansea University）的羅里·威爾森（Rory Wilson）教授研究疾病、荷爾蒙、營養和情緒，對人類和蟑螂的動作有多大影響。在實驗中，人類和蟑螂的身上都裝了測量儀器，記錄他們在三度空間裡的動作模式。這麼做的目的，是為了證明兩種生物的動作會隨著心情產生一致的改變。為了達到最佳效果，這些實驗都在實驗對象的日常活動範圍內進行，而不是實驗室裡。

根據這項研究，人類看完電影後，動作會因為電影是悲傷還是好笑而有所不同。這在其他狀況也明顯可見。我若是碰到一群人正要上山或到公園、林間走一走，之後剛好又遇見同一群人打道回府，就看得出來他們不太一樣。對我來說，這樣的改變比看完電影之後的改變更加明顯。如果累了一天、下班回到家的人去走路，回來之後的疲憊跟下班後的疲憊截然不同。他們的眼睛或許在發亮，腳步變得輕盈，笑容也更放鬆。

以前我跟蟑螂有過近距離的接觸，所以很難相信這種小生物會有成熟的肢體語言。但是我錯了。研究員同時讓健康及生病的蟑螂一天跑兩碼遠。結果發現健康的蟑螂踏出步伐的方式，跟生病的蟑螂就是不同，姿勢也更有彈性。健康的蟑螂加速時，也比生病的蟑螂更快。北極熊則會根據另一隻北極熊的走路方式，判斷對方是不是合適的交配對象，還是比較適合當晚餐。

每當我覺得精神飽滿或心情愉快時，身體就會挺直，腳步也更輕快，彷彿卸下沉甸甸的背包。有時候，我沒有特別的理由就感到

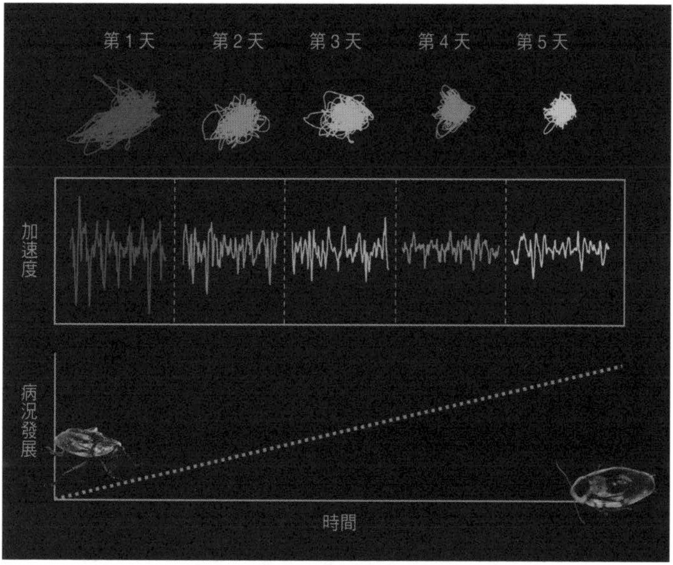

即使是昆蟲，生病時走路方式也會改變。實驗證明了這一點。研究員在一隻感染黴菌的蟑螂身上裝了智慧感應器，測量一千次蟑螂移動的每秒加速度。隨著黴菌在體內逐漸擴散，蟑螂的動作逐日減少（上方的線團），動作變慢，腳步變遲鈍（中間欄高低起伏的線條）。

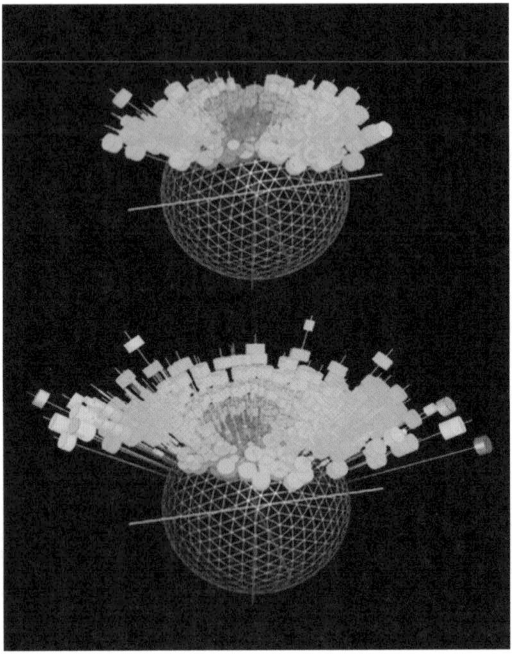

臀部不會騙人。動物走路的方式，蘊含許多牠們內在「狀態」的訊息。上圖的兩個球體，呈現一隻企鵝在兩個時段的走路狀態。資料來源是貼在企鵝背上的智慧感應器中的加速計。小圓柱展得愈開，顏色愈溫暖，企鵝搖搖擺擺的步伐就愈大。上面那顆圓球呈現的是企鵝肚子餓、正要離巢到海裡覓食的步伐。下面那顆球是呈現同一隻企鵝返回巢穴的狀態，因為已經吃飽，步伐邁得更大、更明顯。

開心，彷彿得到一份意外的禮物。作家湯瑪斯．艾斯佩達（Tomas Espedal）在《徒步旅行：如何活得率性，活得像一首詩》（*Tramp: Or the Art of Living a Wild and Poetic Life*）中，就提到這種感覺。書中的敘述者連續喝了四天酒，宿醉又心情低落，接著，「陽光映照在交通號誌上，一種意想不到的開心喜悅擊中了我。」匆匆一瞥的璀璨光芒，讓他的思緒變得愈來愈輕，「我慢慢發現，你開心是因為你在走路。」

疲累或無精打采的時候，我走路彎腰駝背，腳步沉重。澤巴爾德（W. G. Sebald）在《奧斯特利茲》（*Austerlitz*）這本小說中，描寫了德軍占領布拉格那個飄雪的早晨，城裡的人走路的方式都變了：「……從那一刻起，他們走路變慢，如在夢遊，好像再也不知道要往哪裡去。」我不知道作者有沒有誇大。即使捷克人在德軍攻占期間走路不像在夢遊，澤巴爾德勾勒出的畫面，仍讓我們更容易想像布拉格在那一天經歷了集體的死亡。

我的外婆走起路來，總是有點垂頭喪氣。聳著肩膀，腳步僵硬，好像肌肉不肯放鬆一樣。她的一生很坎坷，但我不記得聽她抱怨過，甚至剛好相反。孫子圍繞在她身邊時，她總是和藹可親又善解人意，儘管她的身體傳達著艱苦的過往。

21 步伐中的社會印記

走路的方式也反映了你接受的價值觀和社會規範。

比起臉，從步伐更能瞭解一個人。與人擦肩而過時，我只能匆匆一瞥對方的臉，但對方一步一步走路的方式，我卻可以觀察良久。如果剛好往同一個方向走，我甚至可以觀察好幾分鐘。一個人走路的方式，當然有遺傳的成分。我很早就在索薇的舉手投足之間，看見她祖父母的影子。此外，走路的方式也反映了你接受的價值觀和社會規範。索薇日後的走路方式，將傳達她是什麼樣的人。

警察走路的方式跟文青截然不同，文青走路的方式當然也跟乞丐不同。這三種人在奧斯陸的街頭很常見，各自忙著不同的事。其中一種人的工作是維持秩序，一板一眼的身體動作反映出他們的權威。另一種人的步伐從容自在。第三種人每天得面臨拮据生活帶來的屈辱。社會地位已經內化在他們體內。

法國社會學家馬歇・牟斯（Marcel Mauss）說：「我們的一切彷彿有人在幕後指揮。」你可以輕易認出「教會學校畢業的女人，她們走路時通常雙手會互扣」。牟斯跟一般法國知識分子一樣，傳達的訊息極明確，但這裡他說得沒錯，我們的舉手投足皆是心理結構和社會體制的連結。就如他的後繼者布迪厄（Pierre Bourdieu）所說，社會背景**銘刻**在我們的身體內。

牟斯和布迪厄都認為，我們的走路方式會維持不變，但同時也**可能**隨著時間變化，甚至在一夕之間改變，比方遭逢生病、失業或生離死別之類的驟變時。但一般來說，無論是牧師、警察或乞丐，你和我都會延續一直以來的走路方式。

22 走路方式騙不了人

有些人走路的方式看起來就很缺乏自信、不堪一擊。

很多國家的警察都嘗試根據走路時身體移動的方式，找出辨認罪犯的訣竅。藉由分析動作，未來我們很可能得以鎖定犯案之人，而且精確的程度幾乎跟DNA分析差不多。另一種研究是分析罪犯在都會區如何選擇被害者。有些人走路的方式看起來就很缺乏自信、不堪一擊。美國連續殺人犯泰德．邦迪（Ted Bundy）說，他可以「觀察路人在街上走路的方式，看出該找誰下手」。

走路的方式騙不了人。不過，你可以做做樣子，教自己改變平常走路的方式。要是走路更有自信，比方加快速度，擺動手臂，犯案者**說不定**就會對原本選中的受害者失去興趣。走路經過我覺得有點危險的區域時，我會刻意讓步伐更堅定，身體的節奏更平穩。雖然我並不真的相信這樣就會把壞人嚇跑，至少自己會覺得比較安全。相反地，走在陰暗的街道上，要是我經過某個人時，發現對方很緊張（女性晚間下班獨自走路回家，似乎會直覺轉頭往後瞄），我就會放慢速度，過馬路走到另外一邊。

一九七〇年代末，我看了《火爆浪子》（*Grease*）這部電影。之後幾天，我試著要學約翰．屈伏塔（John Travolta）飾演的丹尼那樣走路。他愛上片中最美麗的女孩，也就是奧莉薇亞．紐頓強（Olivia Newton-John）飾演的珊蒂，在她面前故意耍帥，走路大搖大擺，手臂跟著擺動。但我沒有真的學會，才過幾天，又變回原來的走路方式。

23

用走路放慢時間

用全部的你去思考。

劇場導演羅伯・威爾森（Robert Wilson）對走路深深著迷，尤其是慢走。我問他為什麼。

身為導演，威爾森很介意是不是所有演員在每個場景中走路都是自然的。他認為動作看起來自然（通常是試了好幾百次才成功），就會開發出全新形態的創造力。威爾森說，演員的創造力不在腦袋裡，而是在身體中。等到動作終於變得自然，他才會讓演員開始練習台詞，或是沉默不語。舉起腳跟，可能比大喊一聲更有力量。

「時間本身沒有概念。」他這麼回答我的問題：「常有人說，我的戲劇作品的角色動作都慢慢的。一個人的動作比平常更慢，腦袋也這麼想，這是一回事。但如果沒有刻意去想，那麼你對**時間**的體驗，就會全然不同。身體裡充滿各種不同、但同時發生的能量，每個瞬間都在改變，都截然不同。如果你意識到這點，就開啟一種不同以往的思考方式。」

威爾森通常會畫出詳細的舞台平面圖。演員要走到舞台上的哪一個點、步伐的快慢、何時該邁出步伐，他都會精確標出，幾乎到了偏執的地步。等到所有演員都記住動作，再也不需要這張圖，他就會把圖丟掉。

威爾森很早就知道走路有多麼複雜，還有走路本身可能傳達的訊息。他妹妹出生時，家人發現她的腳伸不直，有嚴重的內八。那是一九四〇年代末的德州。家人決定讓醫生把她的腿弄斷，轉回正確的角度，再讓腳慢慢癒合。裝了一年的支架和石膏，妹妹終於學會走路。「看著她學走路，我不得不重新回想自己走路的方式。我們走路就是一般人走路的方式。她則是把注意力放在平衡上，還有怎麼把一腳放下、另一腳往前伸，一邊控制動作，一邊不讓自己摔倒。如果你仔細看行人走路，就會發現一般人把腳往前伸的時候都會快一些。我相信那是源自兒時的恐懼，害怕不快點把腳往前伸保持平衡，就會摔倒。假如你設法保持平衡，單腳站立，然後慢慢把另一隻腳往前伸，那種體驗會非常不同。」

我要爬兩百一十二階樓梯，才會抵達我工作的出版社，至少我是這麼以為的。我數過很多次，但每次數著數著就會亂掉，所以永遠無法確定。

有時我覺得自己像隻猴子，一天到晚想著在不同事物之間跳來跳去。為了不去想每天等著我的繁瑣工作，我決定專心爬每一層階梯。平靜地舉起一隻腳往前伸，再放下。有點像威爾森的妹妹。一次只專注一步，不去想下一步。很難。當思緒開始快轉，我就會想起在樓上辦公桌等著我的工作。這時，我便規定自己得走回思緒最後一次專注於當下步伐的那一階。否則我就要轉過頭，倒退往上爬。如果是後者，我會突然覺得脆弱無助，得強迫自己停下來，切斷思緒，暫時不去想過去和未來，即使滿腦子都是工作的事。

爬了七段樓梯來到最上層，我其實不太清楚發生了什麼事。我彷彿得到一些答案，即使我不知道問題是什麼。

有可能嗎？

蘇格拉底也想過類似的問題：「當你連要找什麼都不知道的時候，你要如何找起？」這個難題又稱「美諾的難題」，得名於詭辯家美諾（Menon），哲學家已經思考了兩千四百年。一九四二年，法國哲學家梅洛龐蒂（Maurice Merleau-Ponty）為美諾的問題提出一個我認為很好的答案。走很多路的人，都會對這個答案產生共鳴，那就是：用全部的你去思考。

梅洛龐蒂的出發點是，假設身體不只是一堆骨頭血肉組成的原子。我們有感知力，會用腳、腳趾、腿、手臂、腸胃、胸腔和肩膀形成記憶和印象，不只是靠腦袋和靈魂，正如蘇格拉底強調的一般。梅洛龐蒂瞭解到神經學家和心理學家從開始研究就知道的一件事：你跟我，都可以用**全部的**自己和周圍的一切不斷對話。「沒有靈魂這種東西。人存在於這個世界上，也唯有在這個世界上，才能瞭解自己。」當我們用眼睛看、用鼻子聞、用耳朵聽，理解我們的經驗時，我們其實是在使用早已儲存在體內的資訊。

如果有隻鳥躲在樹梢上唱歌，我無法把我聽到的聲音和我腦中想像的小鳥，跟長居在我體內的其他經驗分開。因此，即使是同一隻鳥，**你**聽到的鳥聲跟我聽到的鳥聲並不相同。每個人都有各自累積的經驗，比起鳥聲，更重要的或許是你至今累積的經驗。

就在羅伯・威爾森的妹妹學走路的同時，他自己也在跟說話奮戰。他口吃很嚴重，旁人幾乎聽不懂他說的話。當時他們家住在德州的韋科市（Waco），那裡沒有語言治療師，於是父母帶他去紐奧良、芝加哥和達拉斯求醫。結果還是沒用。青少年時期，他遇到一名芭蕾舞者，對方給了他如何學會說話的建議。她的建議讓他想起妹妹學走路的方式。芭蕾舞者建議他，說出一個字之後不要緊張，也不要就此停住，反而要不火不慍地繼續發聲，說出那個字，有空就練習，直到說好為止。沒錯，她說他甚至可以花好幾分鐘說一個字。那位舞者對身體如何運作有基本的認識。「她只跟我說，我應該花更多時間練習說話，於是我聽她的話，放慢說話速度，結果在相對很短的時間內，大概五到六週，我就克服了口吃。那感覺很像我一直在一個地方超速前進。」

在他的表演藝術作品《走路》（*Walking*）中，威爾森彷彿挪用了自己童年的經驗，把事情行進的步調放慢。他跟觀眾花五小時的時間橫越荷蘭的泰爾斯海靈島（Terschelling）；這座小島通常只要四十五分鐘就能走完。「我更清楚意識到周圍的環境，感知到的東西也改變了。一切都跟我用正常速度走路的感受不同。」

海的潮氣，鳥，風，沙子，石頭，海天之際。

24

赤腳踩在地面上

脫掉鞋子，腳底的皮膚就能更接近地面。

我喜歡只穿襪子或光著腳走路。不論是在家、出門拜訪或是在辦公室，我都會脫掉鞋子。這麼做是為了活動腳趾，擺脫厚厚一層橡膠，不讓橡膠阻擋腳跟地面接觸。要是坐在咖啡館裡，我就只穿襪子，把鞋子藏在桌子底下，免得服務生不高興，跑來跟我囉唆。

我喜歡打赤腳，儘管做全職工作時很難做到。這麼做完全只是為了我的腳著想。為了感覺木頭地板、水泥、地毯、草皮、沙子、爛泥和柏油，或是苔蘚、松針和岩石。為了感受每根腳趾的反射動作，還有腳掌、腳跟、腳踝一天一天愈來愈強壯。腳底有神經和反射點（連到身體其他部位），脫掉鞋子，腳底的皮膚就能更接近地面。如同身體需要陽光，皮膚喜歡微風輕拂的感覺，耳朵聽到鳥鳴會雀躍，腳這麼做也會覺得獲得了解放。腳光溜溜的比較脆弱，我得特別小心，免得踩到尖物，或絆到堅硬的東西。

前文提到，詩人聶魯達曾寫過，腳想變成翩翩飛舞的蝴蝶或高掛樹上的蘋果。但過了幾行，這個浪漫的想法就徹底幻滅。他在接下來的詩句中提到，孩子的腳不得不放棄自由，接受生命在黑暗中度過，在塑膠、橡膠或皮革的包裹下，踩著步伐進出商店和辦公大樓。

它少有時間可以
赤裸地浸淫在愛或睡夢中

25 自己的路

走著走著，你就一邊開創自己的路。

有十二年的時間，挪威哲學家阿恩．奈斯（Arne Næss）都住在哈靈山脈（Hallingskravet）底下一間遺世獨立的小屋裡，小屋名為特維加斯坦（Tvergastein）。每次我們一起去那裡健行，阿恩都堅持要走不同的路線，即便這有時代表我們走的路跟上次相差不遠。每個來拜訪他的人都不例外。這些年來，阿恩很堅持一件事：不能有一條小徑直通他的小木屋。

此外，他也決定小屋方圓七呎內必須是自然保留區。為了保護長在那裡的石南、冰川毛茛、仙女木，訪客在保護區內走路都只能踩踏在岩石上，連他自己也是。這讓他春夏秋冬都能從窗戶觀察生機盎然、不受破壞的植物風貌。

特維加斯坦可能是挪威境內唯一沒有人工小徑的小屋。再下去一點，山裡有幾條獸徑，僅此而已。如今，阿恩已經辭世八年，通往小屋的人工小徑也不過一條。奈斯走了之後，健行者不可避免都選擇最方便、也永遠不變的路線。

從出生到死亡，挪威詩人奧拉夫．郝格（Olav H. Hauge）都住在於爾維克（Ulvik）的農場裡。於爾維克位在挪威的哈當厄（Hardanger）峽灣區，農場就在峽灣最深處，兩邊都是美得令人屏息的高山。要到地形陡峭的於爾維克健行，得從漫長的上坡路開始。郝格的書架上擺滿世界各地的文學作品，詩人也常獨自散步，在腦中討論他讀過的書，跟作者對話。他在〈你的路〉（Your Path）這首詩中，描寫過這個經驗：

這是你的路。

唯有你
能走。而且
無法回頭。

只有**一條**路，你自己的路。走著走著，你就一邊開創自己的路，即使是走在相同的小徑上。但我認為郝格說無法回頭是錯的。你永遠可以回頭，每分每秒都可以。只是，回程跟來時路已不再相同。

西班牙愛國詩人安東尼奥．馬查多（Antonio Machado）也有類似的體驗。他走在卡斯提亞（Castilla）狂風吹襲的平原、山丘和橡樹之間，那裡的「岩石彷彿在做夢」。他在〈旅人，無路〉（Wayfarer, there is no path）一詩中，寫出跟郝格幾乎一樣的句子：

走過，路就封了起來
當你回頭

看到的是你再也
不會踏上的路。

讀了馬查多的詩之後，郝格在日記寫道：「**終於有人跟我有同感了。**」

26

走路是人類的良藥

每天散步，永遠不會過時。

英裔埃及心臟外科醫生馬第・哈比・亞庫（Magdi Habib Yacoub）每天都會去散步。二〇〇九年春天的某個傍晚，我們走出日內瓦湖的某間旅館時，差點撞在一起。至今我還記得暮色籠罩美麗的湖泊，群山圍繞，如夢似幻的景色在我們眼前展開的景象。我們站在原地看呆了。他跟我說，他打算走個兩、三哩再上床睡覺。我也正有此打算，於是決定一起去散步。

算我運氣好。以前我從沒跟亞庫說過話，我問起了他的職業。他說他動過大約兩萬次開心手術。其他醫生會幫他把病患的胸骨鋸開，再把胸腔打開，然後把病患的心臟和呼吸暫停一小段時間，好讓亞庫完成心臟手術。完成之後，他就離開手術室，趕去為下一名已經把胸腔打開等他前來的患者動刀。通常他一天有五台刀。

九年前，他幫一個兩歲小女孩動心臟移植手術。手術期間，他把小女孩的心臟停掉，但仍留在體內未取出。八年後，小女孩的移植心臟功能出現異常，再度危及生命，亞庫又被找去替她動刀。他把移植的心臟停掉，重新接回小女孩原本的心臟；這段期間，這顆心臟不但在她體內長大，也變得很健康。這是這類手術第一個成功的案例。小女孩很快就復元，如今已經結婚生子。

我好奇地詢問亞庫，他研究過成千上萬顆活跳跳的人類心臟，從中學到了什麼。亞庫簡潔有力地回答：「每天散步。」他還要我放心，這個建議永遠不會過時。

亞庫說的話，我外婆一定深有同感。兩千四百年前，現代醫學之父希波克拉底（Hippocrates）就已悟到了這個真理。他警告大家要小心被誤診，並強調沒有藥物比一步接著一步走路有更全面的效果。「走路是人類的良藥。」我相信，比起人類從古至今服用的所有藥物，對人類健康來說，走路扮演的角色有意義多了。

27 腳動起來，想法就開始流動

才走幾步，我的記憶、專注力和心情都會變好。

希臘哲學家第歐根尼（Diogenes）面對「移動並不存在」這個概念時，他的回答是：Solvitur ambulando。「靠走路解決。」蘇格拉底在雅典城到處走動，跟人交談。

達爾文（Charles Darwin）一天散步兩次，還有自己的「思考小徑」。齊克果（Søren Kierkegaard）跟蘇格拉底一樣，也是個街頭哲學家。他在哥本哈根漫步（「我走進了自己最好的想法裡」），問問題，搭著別人的肩，跟著人轉過街角，得到了答案，跟人道別後再繼續獨自漫步。回到家（他很少讓人進家門），他再把自己從街上得到的想法寫下來。

愛因斯坦每次工作遇到瓶頸，就會逃進普林斯頓周圍的森林。

賈伯斯想擴展自己的想法時，就會跟同事一起去散步。他在矽谷的很多後繼者會邊散步、邊開會，希望達到類似的效果。這確實有效。我們辦公室也會這麼做，雖然不常。「……雙腿開始動起來的那一刻，我的想法就會開始流動。」梭羅（Henry David Thoreau）下了這樣的結論。我們太容易屈服於心中的煩惱，以為其他事情都比較急迫。

我知道有人可以邊跑步、邊清楚地思考，但我喜歡速度慢一點。走路的時候，我的想法獲得了自由。血液開始流通，如果加快腳步，身體就會吸進更多氧氣，思緒也變得很清楚。坐著的時候如果手機響起，我喜歡站起來邊走邊說。才走幾步，我的記憶、專注力和心情都會變好。「心情不好就去散步。」希波克拉底建議。如果還是心情不好，「再去散一次步。」我們的語言反映了這樣的因果關係，比方活**「動」**、感**「動」**。

世界各地的研究都試圖找出走路對創造力、心情和健康的影響，也就是我們的雙腳如何影響我們的腦袋（而不是倒過來）。

二〇一四年，史丹佛大學的研究員發現，走六到十五分鐘的人跟這段時間坐下來的人相比，創造力提升多達六成。這份研究的兩名主持人瑪瑞莉·歐佩佐（Marily Oppezzo）和丹尼爾·舒瓦茲（Daniel Schwartz）某天出門散步時，得到這項研究的靈感。「我的博士論文指導教授習慣跟學生去散步，邊走邊腦力激盪。」歐佩佐說。她的指導教授就是舒瓦茲。「某天走著走著，我們就說到走路這件事本身。」

偶爾，工作的時候，我的腦袋好像在罷工。我努力聚集腦中的想法，好讓工作有些進展，卻發現自己力不從心，很像撞牆的感覺。我不想再坐著，於是去外頭散步十五分鐘。有時，散完步幫助也不大，但其他時候，走一走確實能釋放腦中的想法。我甚至可以感覺到腦袋在沸騰，困擾我許久的難題出現了新的答案。

不過，新想法浮現腦海的狀況不會持續太久。只要還在走路，雙腳就會幫助我思考，停下來之後還會持續一陣子，接著又得再去散散步。沒有人會因為散步就變成賈伯斯第二，但誠如研究員保守提出的結論：「需要嶄新觀點或創新靈感的人會從中受益，而且……走路有可能幫助腦袋突破高度理性的濾網。」

28

走路改變歷史

一群人走在一起，就能掀起一場群眾運動。

現代社會鼓勵人坐愈久愈好。

肯定「坐著」的理由很多。掌權者希望人民多坐，對增加GDP有所貢獻。企業也希望人民多多消費，多多享樂。移動以時間短、效率高為佳。石器時代的成人一天需要四千卡的熱量，用在進食、製作工具和衣服，以及走路上。今日，富裕國家一般人一天直接或間接消耗在食物、衣服、溝通和交通上的熱量，共有二十二萬八千卡。消耗能量占去我們全天的精神，我們很難額外撥出時間多走幾步路。

只要我們坐下來，政府和社會要控制我們就顯得比較容易。歷史上有很多因為**不肯**乖乖坐在家裡，因而改變歷史走向的故事。

走路可以改變一整個國家。每次讀法國歷史，我總覺得他們的革命就是從人民上街頭抗議開始的。甘地和他的追隨者證明，雙腳可能遠比超級強權的武器更有效力。一群人走在一起，就能掀起一場群眾運動。甘地帶領群眾走了二百四十哩的路，強迫英國放棄壟斷食鹽買賣，史稱「食鹽長征」。二〇一一年七月二十二日的恐怖攻擊之後，在奧斯陸展開的「玫瑰遊行」總共聚集了二十萬人。為勞工、女性和弱勢團體爭取權利的示威遊行隊伍，是一條穿過歷史的紅線。

要是世界領袖被迫每天跟人民一起走路會如何？對位高權重的領導人來說，這件事可能沒那麼簡單。總是有高級黑頭車等著接送他們。身體上，掌權者把自己跟其他人的日常現實區隔開來。或者，以齊克果的話來說，「……盜賊和菁英有一個共同點：兩者都躲躲藏藏。」

跟大自然、街道和你統治的人民疏遠，是一件不民主的事。幸運的是，挪威的政治領袖都和選民走在一起，他們看得到我們，我們也看得到他們。他們去我們購物的地方購物，也跟那些把權力交到他們手中的人民一樣，去同樣的咖啡館喝咖啡。

藉由閱讀、開會、從車窗裡往外看、從摩天大樓上俯瞰，或許也能收集到很多資訊，但走在街上看人買菜、開店、滑手機、相愛、看書、交談和思考，一切都會不一樣。從遠處看，世界可能看來大同小異，但你腦中的地圖不再跟實際的地形吻合。

決策者跟被決策影響的人離得愈遠，這些決策對決策影響到的人就愈無關痛癢。

29 有益的痛苦

每天的喜悅反映在你付出的辛勞。

以為走路跟痛苦扯不上關係，是一種誤解。我不是說你推嬰兒車上街或晚上偶爾出去散散步時，應該要很痛苦。大自然把痛苦當作折磨我們的一種方式，但並不總是如此。痛苦也可能對人有益，帶給人愉悅，只要它能保證在痛苦減弱之後，我們能認出幸福的感覺，尤其是痛苦**不見**的感覺。身為小小孩的父親，你會知道每天的喜悅反映在你付出的辛勞。不得不幫小孩換尿布，或是每晚睡眠不足（有好幾年，我覺得每個小孩都會讓我抓狂）讓你煩不勝煩，跟你同時深愛著小孩，兩件事並不衝突。苦樂相互糾結，難分難捨。哲學家叔本華（Arthur Schopenhauer）用更少的字眼表達同樣的感受：「人只會真確感受到痛苦和匱乏。」

對阿恩・奈斯來說，幸福跟**光輝**有關（這裡他指的是熱力或熱情），也跟**痛苦**有關。他區隔開身體和心理的痛苦，就像有著數學頭腦的哲學家，想出自己的一套**幸福方程式**。第一次看到這個公式，我把箇中邏輯讀了好幾遍，因為它既巧妙又簡單，而且合乎真實。

$$W = \frac{G^2}{P_b + P_m}$$

W = well-being（幸福）。G = glow（光輝／喜悅／熱力）。P = pain（痛苦）。b = bodily（身體的）。m = mental（心理的）。奈斯強調，光輝的指數你想要加到多少都可以。這讓這個公式有了頗為樂觀正面的特質。

30

比減少痛苦更重要的事

避開不舒服的經驗，也表示喪失了許多美好的經驗。

這個公式假設，光輝只要增加一點，就可以壓過許多痛苦。如果你什麼事物的光輝都擁有很少，你還是會得到小小的幸福，不管你可能承受多少不便。奈斯告訴我，他想指出痛苦的意義，同時灌輸一個信念：比起減少痛苦，更值得去做的事是增加**光輝**。

奈斯的朋友彼得．韋瑟爾．札普（Peter Wessel Zapffe）在題目很古典的博士論文《論悲劇》（*On the Tragic*）中，提到不抄捷徑、花時間跟目標奮戰的重要。接受太多科技的幫助，「是不顧後果地偷走人類的經驗寶庫。」壯哉斯言。坐車或坐直升機抵達山頂，而不是靠兩條腿健行或爬上山，一切就失去了意義。因為少了痛苦，登頂的經驗就變得很膚淺。札普本身也是哲學家，他認為人類經常需要把事情簡化，這樣反而會硬生生砍掉我們擁有非凡體驗的機會。他的基本想法其實就是，**達到目標的過程**不一定可以跟**已達到的目標**價值等而論之。我相信任何喜歡走遠路的人，都會有同感。

只在好天氣時出門散步，颳風下雨或下雪都待在家裡，等於白白放棄了一半的體驗。說不定還是更好的那一半。

作家伊蓮諾・卡頓（Eleanor Catton）來自紐西蘭，她父親給了她兩個好建議：一是「大自然在雨中看起來更美」，一是「讓你感到不虛此行的，才是美景」。他帶著女兒一起去健行，次數頻繁到讓她受不了，父親的建議也讓她又愛又恨。這對父女之間的對話，我是在英國作家梅莉莎・哈里森（Melissa Harrison）的書中讀到的，書名就叫《雨：在英國天氣中的四段散步》（*RAIN: Four Walks in English Weather*），很有畫面。哈里森的父親也會帶她一起去健行，並且給了她不太一樣、但同等可貴的建議：「戰勝它！」克服身體的疲憊、惡劣的天氣，還有辛苦的上坡。這三項建議不是為了展現男子氣概，而是父親對女兒的關愛，希望女兒跟他們一樣，也有機會體驗大自然的種種美好。對舒服的需求，不只意味著避開不舒服的經驗，也表示喪失了許多美好的經驗。

31 過去和未來變得不再重要

短短一瞬間，你可以忘記自身以外的世界。

有六年的時間，我只去長途的健行。去了北極、南極，還登上聖母峰。即使去登山也要走路，先走到山腳下，再沿著山壁走。從二十五歲開始，一直到三十一歲，之後我才重新開始走短途。那六年間，我學會從小事物中獲取快樂。

走路，就是享受簡單的快樂。路途愈長，輕便上路就愈重要。想當然耳。即使只是週日去健行，我也喜歡只帶基本必需品就上路。包括一只熱水瓶、一些食物和一件額外的毛衣。過了好幾年我才發現，一小塊巧克力比一整條更美味。

把生活所需的東西都背在身上幾個小時、幾天或幾個月，總是給我一種美好的感覺，一種自由的況味。這種時候我可以想吃就吃，想睡就睡。隔天早上沒有八點的會要開，也不用去採買晚餐的食材。長途旅行我唯一會想念的是肌膚接觸，被擁抱或旁邊躺著一個人的感覺。

長途健行期間，有可能把許多日常的習慣拋在腦後。考慮自己真正需要什麼，在你**必須**帶和你**想要**帶的東西（因為這些東西對你可能是種安慰）之間做個取捨，自有一番樂趣。我有種印象，大多數人都低估了自己只靠一條睡袋、一件額外的保暖外套、一只小鍋子、一個爐子、幾根火柴和足夠的食物能存活下去的時間。如果你說依賴這麼少的東西不可能存活，我卻說這**是**可能的；兩方或許都沒說錯。

在五十四年的歲月中，我體驗過最大的快樂，有時就只是凍僵之後全身暖和起來的感覺。在奧斯特馬卡的森林裡，在長途健行途中。博格・奧斯蘭（Børge Ousland）在我們一同前往北極的途中對

我說：「在這裡，地獄和天堂的距離很近。」緊咬不放的寒冷終於鬆開魔掌，是我所知最美好的感覺。我曾在客廳的壁爐前舒舒服服地啜飲香檳，但什麼都比不上在冰天雪地裡喝上一杯閃耀光芒的香甜熱酒。

不知道沿途會遇到什麼，是走路的一大魅力。你的思緒變得更集中。想找到你的人都不知道去哪裡找你。你不再透過別人活著。短短一瞬間，你可以忘記自身以外的世界。走路時，過去和未來變得不再重要。

我跟博格花了五十八天的時間，滑著雪橇橫越北極，沒有攜帶多餘的裝備，身上只有四十四．一九盎司的工具。途中有什麼東西壞了，我們都自己修。我的雪靴鞋底破了。我的臼齒裂開。我帶的唯一一雙羊毛手套也磨破了，但每天晚上睡覺前，我會努力把它補好。即使手指因為空氣又冷又乾而皸裂，但是把毛線穿過來穿過去，直到填滿整個破洞，那感覺還是很美好。不只是因為我很高興明天又有手套可戴，也因為修補自己所屬的東西很有成就感。

我們每天都吃一樣的食物。當你知道你得把接下來兩個月要吃的食物都背在身上，你會很在意有沒有把熱量最高的食物都收進行李中，比方燕麥、油脂、巧克力、葡萄乾、肉乾和奶粉。奶粉可以供應身體額外的熱量，一開始嘗起來不太好吃，但一天天過去，體力逐漸流失，食物開始變得比前一天更加美味。在抵達目的地之前，嘗起來簡直有如珍饈美饌。快要抵達終點時，我們餓到不行，只好盡量用水把食物稀釋，這樣才能延長吃東西的時間，營造吃飽的感覺。

為了確保誰都沒有吃得比誰多，我們之中有一個人負責分配食物，再由另一個人挑他想要的那一份。當時我寫下：「當飢餓成了一種折磨，分配和選擇食物就成了一種科學。」

32

簡單的快樂

品嘗一顆葡萄乾的喜悅。

有一天，快抵達北極之前，停步喘息時，我不小心把一顆葡萄乾掉在雪地裡。由於手上戴著大手套，很難把葡萄乾從袋子裡拿出來再放進嘴巴，所以其中一顆就從袋子裡掉到雪地上。要把葡萄乾從雪地裡挖出來更是困難。我好餓，好想吃到那顆葡萄乾，於是趴在地上，低下頭，伸出舌頭把它舔起來放進嘴裡。葡萄乾含在兩片嘴唇中間，在口腔裡滾動，再慢慢咀嚼，那種喜悅讓我想起我早就瞭解的一件事：能夠小口小口享受食物很重要。一小口嘗起來味道很好；分量少滋味更佳。

回到家，重回文明世界，日常生活以驚人的速度接手。快樂變得更加複雜，通常沒那麼強烈，而且很難滿足，永遠期待更多。過了幾天，那些美好無比的感受，例如吃得飽、穿得暖、睡得好，或看到其他人類，就會被視為理所當然。挪威人有句話說：多會讓人想要更多。確實如此。我試著持續享受小事物帶來的滿足，有時成功，有時失敗。珍惜自己可以舒服地坐在家中客廳裡，可以參與家庭生活，滿足於我不在家時錯過的一切等等。然而，當廚房櫃子裡有一整包葡萄乾，冰箱塞滿各種可口的食物時，品嘗一顆葡萄乾的喜悅顯得有點可笑。如我之前說的，我知道一塊巧克力比一整條嘗起來更好，但我還是吃掉了一整條。

33 走進森林

如果不得不選一棵樹來愛，橡樹是很好的選擇。

在大自然間漫步，累了就找個安靜的地方躺下來，這是你能擁有的最愉悅體驗。抬頭看矗立在周圍的大樹，然後放鬆下來，什麼都不做。日本在一九八二年給了這種體驗一個名稱：**森林浴**，意思是沐浴在森林裡。這是一種治療，森林的治療，有助於放鬆神經。

過去幾年，千葉大學的研究員研究樹木對人的身體和心理產生的影響。不意外的是，研究結果發現森林浴讓人身心舒暢，有助於減輕壓力、降低血壓。千葉大學的環境、健康和田野科學中心主任宮崎良文提出結論：「人類天生就適合自然環境。」

不過，另一項研究結果就讓人**意想不到**。研究發現，置身於林木之中可以強化免疫系統、降低膽固醇、預防疾病。某些樹木和植物會釋放芬多精（植物殺菌素），一種可以對抗細菌和昆蟲的精油。待在這類植物附近，我們也會吸進芬多精，獲得同樣的效果，同時能讓五感得到滿足。因為在森林裡聽得到蟲鳴鳥叫，聞得到新鮮空氣，看得到綠葉，還可以親近樹木、植物、草地和苔蘚，更能嘗到美味的野莓和野菇。日本更是根據這類研究發現，推出許多不同的療程。

在「森林浴」一詞出現的一百五十一年前，梭羅在《漫步》（*Walking*）一書中就有類似的描述：「我想我一天至少要花四小時在林中、山丘上和田野間漫步，完全脫離人間的羈絆，才能維持身心的健康，但通常需要更久。」他甚至說他愛上了一棵橡樹。如果不得不選一棵樹來愛，橡樹是很好的選擇。「我終於找到了我的天作之合。我愛上了一棵小橡樹。」這番對樹及走路的看法，梭羅深信不疑，甚至還說：「**不走路**的人真了不起，竟然沒有早早選擇自殺。」

34

每天的小奇蹟

地平線上什麼事都可能發生。

蒙田說過一個康拉德三世（Kaiser Conrad III）的美麗故事。一一四〇年，他圍攻對手巴伐利亞公爵韋爾夫（Welf）統治的城鎮。經過勸說，最後他決定只放女性一條生路。他准許她們離開住家，把能帶的東西都背在背上帶走。女人們「憤怒不已，決定把丈夫和小孩」背在背上，連公爵本人也這樣給背了出去。看到女人背著男人和小孩逃走，康拉德大受震撼，他「感受到喜悅的淚水，深仇大恨」也逐漸消失。

我喜歡這樣的故事。這提醒我，地平線上什麼事都**可能**發生。

我可以想像巴伐利亞的女人走向敵人，經過連日的圍攻身形憔悴，駝著背踩著細小的步伐，背著心愛的家人逃走。這些小小的舉動，每天發生的奇蹟，最讓我著迷。

35

走一走，抽離問題

生氣的時候，最合理的選擇就是去走路。

我拋開煩惱，一走了之。不是全部，但愈多愈好。人不都會這樣？有些煩惱在我走路的時候逐漸散去，或許可以消失一個鐘頭或幾天。或許問題不像我想的那麼嚴重？往往是這樣。一旦拉開了距離，有些令我苦惱、惹我煩心的事，就變得沒那麼麻煩或重要。

有些問題在腳下消失，卻在我回到家時重新浮現。走完路之後，問題通常會看起來不太一樣。我跟凱斯琳．魯尼（Kathleen Rooney）的小說《走過莉莉安》（*Lillian Boxfish Takes a Walk*）的主角有同感。「踏上人行道，總能幫助我找到新的路徑，去面對眼前的問題，也許是告示上的一句話、偶然聽到的對話、雙腳節奏的相互作用。」我認識的那些深陷在個人問題裡的人，多半是不走路的人。但或許只是湊巧，我也不確定。當然有些問題大到你無法一走了之。但多數問題都會因為你用雙腿拉開一段健康的距離，加上腦內啡的刺激及壓力的釋放而受益，讓煩惱跑得更遠。

一九九〇年準備前往北極之前，我們在伊魁特（Iqaluit）待了幾個禮拜測試裝備。伊魁特是加拿大北極區東北邊的一個小鎮。

在那裡，我學會了伊魁特人一種可貴的傳統。如果你氣到控制不了情緒，就應該踏出家門，直直往前走，直到怒氣消失為止。然後拿一根樹枝插進雪地裡，標出怒火消失的那一點。這樣的話，生氣的長度和強度都會記錄下來。生氣的時候（爬蟲類大腦主宰我們的決定時），最合理的選擇就是去走路，跟你生氣的對象拉開距離。

造訪伊魁特二十年後，我決定跟都市探險家史提夫．鄧肯（Steve Duncan）一同橫越紐約，部分經由地底。我們想步行穿越紐約的下水道、鐵路、污水和地鐵隧道。從曼哈頓以北的布朗克斯區，走到布魯克林區和皇后區，然後抵達大西洋沿岸。我想來一場心靈的冒險，此外也需要洗滌自己，得到**淨化**——用爛泥和污水。我離開時，家庭生活一團亂。我跟我的伴侶，也就是孩子的母親，快要走不下去的事實，在我眼前愈來愈清楚。這個問題讓我全身難受，腸胃糾結。

我想去朝聖。我想受苦，用幾天的時間走向一個目標，遠離家庭生活。我的旅程並不像中世紀的朝聖之旅那麼危險，畢竟當時被搶、挨餓、被俘虜都是可預料的結果。儘管如此，這對我來說還是一趟心靈之旅。

這趟路途也不是一般人眼中的朝聖路線，例如我日後想去走的聖地亞哥德孔波斯特拉（Santiago de Compostela）的朝聖之路，或是到岡仁波齊峰（Mount Kailash）轉山。朋友認為紐約不是個好選擇，但我認為真正掉進糞坑，可能正是我需要的。那或許會讓我自己的問題顯得不那麼嚴重？

我們從二四二街和百老匯大道的交叉口出發。在紐約的傳奇地鐵網進進出出四天之後，我跟史提夫來到蘇活區，然後在半夜三點半抵達格林街（Greene Street）中央。我們站在人孔蓋的兩邊，把手伸進洞裡把蓋子扳開。要不是被經過的車輛壓得太緊，人孔蓋其實出乎意料地鬆。我們手腳俐落地往下爬，我把頭上的蓋子重新蓋回去。蓋子輕砰一聲，卡回原位。

黑暗將我們吞沒。警察沒發現我們溜到地底下，讓我鬆了一口氣。我們拿出手電筒，打開空氣品質監測器。下水道裡有四大危險：有毒氣體、易爆氣體（尤其是硫化氫，或稱沼氣，因為氣體在停滯的水池裡形成而得名）、氾濫和傳染病。下水道永遠不可信任。

複雜錯綜的地下隧道是一個有機體：隧道不停在建造、延長、改道、新鋪地基、把新管線連接到舊管線，所以地下的地形不斷在改變。這些改變，路面上的人毫不知情，也從未看過。

史提夫蹲下來，開始往運河街走，膝蓋彎曲，駝著背，手放前面，盡量縮小身體。隧道只有三呎高、三呎寬，用水泥建成。我跟在他後面。一長串衛生紙，還有小東西、不明物體和偶爾出現的保險套組成的垃圾，朝同一個方向往下流，發出悅耳的潺潺水聲。當我放低頭燈上的光束時，我發現蘇活區住民使用的衛生紙比布朗克斯區多很多。愈接近運河街，隧道愈低、愈寬。我們都沒料到下水道的高度會降低到只剩下十五吋。我在堅硬的水泥地上趴下來，手臂和膝蓋貼著地板匍匐前進。那味道對我的鼻子是一大折磨，但不會比幫小孩換尿布更糟。接著，隧道很快往下斜，我不得不完全躺平，蠕動著身體往前進。地面上的空氣乾燥又清新，底下這裡卻很潮溼，下水道的熱氣撲向我們的臉。

一群蟑螂覆蓋住牆壁。牠們看起來跟我在世界各地看過的蟑螂沒有兩樣。我猜是一般常見的東方蠊。我迅速從一旁滑過去，想到

蟑螂擁有獨一無二的超強存活力，卻又缺乏改變的天分。在地球上住了兩億五千萬年，牠們顯然跟原始的模樣相差不大。

我慢慢前進，胸部和背部都泡進軟泥裡。我的手套、帽子和外套都黏上了爛泥。我們只走了一小段距離，但在下水道裡，時間有另一種節奏，甚至再也不重要了。踏上探險之旅，或是跟心愛的人在一起時，我也會有相同的感覺。在這種時刻，時間似乎不是變快，就是變得很慢。

我停下來，抬起頭往隧道看去。前方有什麼在等著我們？這麼久以來，我第一次問自己：我在這裡做什麼？

當然，我應該早點問這個問題。人應該常常想這個問題才對。但下水道不是特別適合停下來進行哲學思考的地方，即使周圍環境反映了我出發前的心理和情緒狀態。回到家後，我的問題並未消失。相反地，問題已經大到我沒辦法一走了之就解決。但起碼我暫時從問題中抽離出來。

這趟旅程的重點，也許不只是想去另一個地方，還有想成為**另一個人**？當我全身髒兮兮地走在地下道，消失在地底世界，不確定隨時會發生什麼事，把需要的東西全背在身上，我跟在家時的我不再是同一個人。「正常」被沖走了。我沒有要趕去見誰，柏油路面下也收不到手機訊號，我甚至不知道明晚要睡哪裡。我開始相信，世界不是表面看起來那樣，而是你現在此刻的狀態。

齊克果認為每個人都「站在十字路口上」。擔心我們做的每件事可能會有超乎想像的強大影響力，其實是一件殘酷的事。這是一個全新的開始。連看似微不足道的事，例如上班途中走在人行道邊上不讓自己掉下去、猜測與我擦肩而過的人在想什麼，或停下來給乞丐錢，或對一臉悲傷的人微笑，都可能改變世界。就如這位街頭哲學家在一八四七年寫給嫂嫂亨莉葉塔・葛萊納（Henriette Glahne）的信中說的，我踏出每一步的同時，都促發了什麼事。

「最重要的是，不要失去走路的渴望。每天我都藉由走路讓身心舒暢，也藉由走路遠離疾病。」他在同一封信上寫道：「……沒有什麼比不能一走了之、暫時拋下煩惱，更教人頭痛。」好建議。但我從親身經驗中得知，一走了之也擺脫不了心碎的感覺。齊克果自己也有這樣的經驗。他跟雷吉娜．奧爾森（Regine Olsen）關係破裂，一輩子都無法釋懷。兩人分手（是他提出的）後十年，他一直想找到她可能經過的街道，跟她見上一面，幾乎像名**跟蹤者**。

不幸的是，齊克果的建議對亨莉葉塔來說效果有限。齊克果顯然忘了她有時病得太重，根本無法下床，更別說要她去散步。

一旦走路超過幾小時或幾天，就會跟短短半小時的散步很不一樣。你對外在刺激的依賴減少，遠離其他人對你的期望，這樣的走路於是多了內觀的層面。朝著南極獨自走了十天之後，我在第十一天的日誌中寫下：「活在當下的感覺，比在家裡更強烈。孤獨的感覺，被達到目標和與自然合一的感覺彌補了……」我跟史提夫走在紐約下水道時，偶爾會說話，但多半沉默不語。紐約的噪音多到我幾乎不再注意到。相反地，走向南極的途中，寂靜把你整個吞沒，我聽得到、也感覺得到它。那裡的寂靜，比紐約下水道的所有雜音加起來都還強大。但比起相異之處，更重要的是走向南極和走進都市地下道的相似點：那就是走路時的內在寧靜，把煩惱丟在家裡，成為周圍景物的一部分，並且對於一次向前一步感到滿足。

這是文化使然嗎？我相信有很大部分是。如果我出生在夏威夷的某個小島，說不定會更喜歡藉由衝浪逃離問題，而不是走路。如果我在禪修的家庭長大，說不定會選擇坐禪，盤腿坐著，進入安靜深沉的冥想。要是在布宜諾斯艾利斯，我可能會選擇跳探戈——另一種形式的走路。我也曾在不同的時期去衝浪、跳舞、打坐，但因為我是挪威人，走路對我來說是最自然的方式。更棒的是，走路這件事我根本不用學，因為我一直在走路。

36

如果有一天不能走路

每個身體都用自己的方式在體驗喜悅。

一九九三年秋天，我跟一個朋友走路橫越瑞士的阿爾卑斯山。陽光熾烈，我們都累壞了，滿身大汗。一走到一座小湖，朋友馬上跳進水裡。我也一樣，只不過我這一跳跳得太深，一頭撞到湖底，幾乎游不回岸上。幫我檢查的第一個醫生擔心我可能撞斷了脖子，打電話叫救護車送我去醫院。那天晚上，醫院確定我的脖子沒摔斷，但我還是得躺在床上，直到可以走路為止。

過了一個禮拜，我發現自己的手腳都萎縮了，呼吸也比從前吃力。我很驚訝才過沒多久就有這樣的轉變。後來我發現，事實就是如此。一九六六年展開的「達拉斯臥床及體能鍛鍊」研究計畫中，有五名身體健康的二十歲年輕人被規定躺在床上不能下床。三週後，研究員在報告中說，這五個年輕人的肌肉和肺活量都退化到六歲孩童的程度。

臥床那段時間，我一直在想，要是我從此不能再走路會怎麼樣？先是震驚，再來是悲傷，然後是漫長的餘生。我想，時間久了我就會習慣這種新的狀況。也許我會開始用不同的角度看世界，對其他早已習以為常的事物心懷感激？沒多久我就發現，我對這一切其實一無所知。

挪威作家楊恩·格魯（Jan Grue）很依賴輪椅代步。他同時也是教授，以及研究行動不便和疾病階級的學者。我去見他，希望能為我的疑問找到答案。我們約在他住的葛魯尼洛卡區（Grüner-løkka）碰面，然後再陪他推著輪椅走到馬約斯圖恩（Majorstuen）去赴牙醫的約。

格魯說，他七、八歲剛學用輪椅的時候很辛苦。「很難學，我一直撞到一棵蘋果樹。但過了幾個月，我就駕馭自如，又過了幾年，我幾乎把輪椅當作我的一部分。從很多方面來說，輪椅都是我的身體的延伸。」對他來說，拿回身體的自主權是最重要的動力，這樣他可以想移動就移動。拜電動輪椅之賜，他才能達成心願，現在他也終於熟悉電動輪椅的用法。我們走到畢斯雷特（Bislett）要過圓環的時候，碰到高起的護欄和怕錯過公車時刻猛飆車的公車司機，我們兩個才又想起他身體的限制。

我們在馬約斯圖恩停下來道別時，格魯提到他十個月的兒子亞歷山大（Alexander）目前正在學走路。他說到兒子踏出最初幾步的情形，還有他用嶄新的方式駕馭這個世界、**存在於這個世界**，想必會感受到一股欣喜雀躍。「每個身體都用自己的方式在體驗喜悅，無論是小心翼翼踏出第一步的孩子、可以自由移動的輪椅使用者，或是走路的人。重點是我們對這世界的體驗，不管是用什麼形式去體驗。」

37

雙腳就是地圖

奇蹟就從幾步路開始。

安德魯．巴斯塔洛斯（Andrew Bastawrous）從小在英國長大。青少年時期，他偶然讀到一篇文章，談到世界上有人因為缺少某些簡單的醫療協助而失明。當下安德魯就決定，長大要成為眼科醫生。如今，十五年後，他開著他的行動醫療車在東非的村落之間來去，提供醫療協助。

某天接近傍晚時，安德魯跟同事在肯亞某個村落忙了一天，正準備關門休息。這時，一個名叫瑪麗亞的三十五歲盲眼婦人抱著六個月大的小孩走過來。安德魯告訴我：「那個媽媽明顯看不見，不是因為眼睛，而是她走路的方式。人來到新的環境，而且得運用身體的所有感官好讓自己安全通過時，走起路來就像在找東西。」

瑪麗亞聽人說，醫生的車只有今天會開到村子裡。她住在好幾個村子外，天一亮就開始走路。以前她從來沒自己穿越車來車往的街道。她跟安德魯說，那是一次「很可怕的經驗」。她不只聽得到貨車、汽車和摩托車呼嘯而過的聲音，還感覺得到空氣隨著車子震動。她在路上站了一會兒，等人來帶她過馬路，但是都沒人過來。

瑪麗亞決定等周圍靜下來才衝過去。就在她快到對街時，有輛車從右邊開過來，她聽到猛按喇叭的聲音，於是緊緊抱住抓著她胸部的寶寶，將身體往前撲。她感覺到腳下的草地，知道自己成功通過了馬路，她跟寶寶都安全了。接下來幾個小時是「一團模糊，她走路、跌倒、在路上爬、請人幫忙」，好不容易終於找到了診所。寶寶哇哇大哭，瑪麗亞很害怕。

安德魯的一個同事用手電筒幫瑪麗亞檢查眼睛，發現她兩眼都有白內障。隔天早上，他們就幫她開刀。過程很快，當天結束之前，瑪麗亞的雙眼都看得很清楚了。

她從未看過自己的寶寶，躺在床上不由得看著女兒的笑容發呆，抱著她，端詳她的每個動作。

瑪麗亞很想快點回家，看看另外兩個小孩和丈夫——這輩子第一次，但她不知道要怎麼回去。她聽說他們農場附近的那條路，水溝裡有塊白色路牌。她的家人就住在那片土地上，但那個地方沒有住址。

安德魯的同事開車載著她去找白色路牌，卻沒找到。瑪麗亞走路來的時候找得到路，因為她用雙腳看，坐在車上反而找不到路。他們繼續開，但馬路變成了小徑，他們不得不下車。瑪麗亞開始用走的，雙腳再度認出回家的路。

小徑過去，有好幾個小朋友在河裡玩耍。瑪麗亞站在那裡看著他們，問：「哪個是我的小孩？」

突然間，小朋友看到他們的媽媽，雙雙跳起來跑向她。她抱著他們問道：「我的丈夫在哪裡？」大家轉頭四顧，突然間他們聽到有個男人喊：「瑪麗亞！」那人就是她的先生。他眼中的光芒和他走路的樣子散發著喜悅。他的妻子第一次看得見他——一個小奇蹟，就從前一天的幾步路開始。

38

何必自討苦吃

如果一件事太容易達成，喜悅轉眼就會消失無蹤。

既然可以幾個鐘頭就飛到目的地，花兩個月的時間，辛辛苦苦扛著一百二十公斤的食物、燃料和帳棚才走到，似乎沒什麼意義。或是明明可以舒服地跟伴侶躺在家裡自己的床上，何必要在攝氏零下四十度的地方孤伶伶地醒來？有纜車可以載你到山頂，又何必自討苦吃跋涉上山？

有人問登山家喬治．馬洛里（George Mallory）為什麼要去征服聖母峰，他的傳奇回答是：「因為山在那裡。」好答案。這個答案讓我們一窺馬洛里這個人的特質，卻沒透露太多他想登上世界第一高峰的原因。

我個人喜歡這麼相信：馬洛里以他獨特的方式提醒著我們，生命中很少事情是我們**非做不可**。沒人**非去**爬聖母峰**不可**，也幾乎沒有什麼事是非做不可。有很多我們**應該做**或**可以做**的事，但實際上，很少事情是我們**非做不可**。去長途健行很好，但是待在家也不會少塊肉。不過，如果一件事太容易達成，喜悅轉眼就會消失無蹤。就是得讓你付出一些代價，像是忍受低溫、強風和山勢陡峭。而興奮的感覺，就在朝著正確方向辛苦跋涉的過程中浮現。拚了命抵達終點，凍到結冰，身體回暖。沿著通往希拉蕊台階（Hillary Step）的山脊走，那裡的山壁一邊直墜九千八百四十呎到西藏，一邊直下六千五百六十呎到尼泊爾。一路上充滿不知道能不能抵達目標的不確定感。

在另一個較長的回覆中，馬洛里巧妙道出自己最大夢想的微不足道：「那裡連一塊能種出作物的土地都沒有，毫無用處。所以，如果你無法瞭解那些回應這座山的挑戰並迎接這個挑戰的人心裡在想什麼，也無法瞭解這是生命本身往上爬、不斷往上爬的奮戰，那麼你就不會瞭解我們為什麼上山。我們從這趟冒險得到的是純粹的快樂。而快樂，不就是活著的目的？我們活著不是為了吃飯賺錢。我們吃飯賺錢是為了能夠活著。這才是生命的意義，才是生命的目標。」難的是，體會到馬洛里說的那種快樂，也只是一種短暫的快樂。探險結束之後，參加的成員都不想馬上再出發上路。他們對另一場冒險的渴望，或許要回到家幾個月後，甚至一年才會復返。馬洛里總是會屈服於這股渴望。

攻頂帶來的興高采烈，同樣不會延續很久。抵達之後，我終於可以停下來，喝口茶，把喜馬拉雅山盡收眼底。當下我感動不已，不由哽咽。我挺起胸膛，抬起手伸向天空。但過沒幾分鐘，那股喜悅很快就消散。我問我自己：「我要怎麼下去啊？」

一九二四年，喬治・馬洛里在攀登聖母峰途中喪生。當時他不知是要攻頂還是下山，沒有人確定。他隨身帶著妻子露絲（Ruth）的照片，準備攻頂之後把照片留在山頂。露絲曾在寫給他的信上說：「這世界上我只想跟你一起變老。你把我變成了一個更好的人。」馬洛里的屍體被尋獲時，妻子的照片並不在他身上。他不是把照片留在山頂，就是弄丟了，不然就是忘了帶走。我一直希望照片已經登上了山頂。

39

當下與永恆

時間不再重要，腦中一片空白。

我所在之處，就是天堂。當我坐在家中客廳有一本好書相伴、跟心愛的人一起用餐，或者去散步，這個念頭就會浮上我的腦海。

這種美好愜意的感覺當然不會持久，即便周圍環境維持不變也一樣。就好像惱人不適的感覺也不會無限延續。這是因為，即使是持續不變的感覺，你的狀況最後還是會產生變化。身心舒暢的感覺不會無限延伸，要不斷加入別的東西，才能夠延續。

我聽過理性的人拿探險跟玩命相提並論。我可以理解他們為什麼認為這種活動毫無意義。畢竟，心甘情願去挨餓、受凍、挑戰未知，有時顯得很荒謬，從中可以看出我們的社會已經富足到一定的程度。然而，去探險並不是去玩命。剛好相反。探險，反而是想活得更充實飽滿。

上路之前，我會先做各種測量，把風險降到最低。之後，當我看著太陽落下，跨過地面的大裂縫，爬過鐵絲網鑽進地鐵隧道，或跟一頭肚子餓的北極熊面對面時，我會有活在自己生命中的滿滿感受。我再一次覺得：天堂，就在我所在之處。沒有什麼比我在那一刻、那個地方做的事更有意義。要用全世界跟我換這些經驗，我也不想。我們自找危險，因為這些極端的體驗，以及我們克服困難的能力，就像在確認自己的生命力。短短幾十秒展開，成為永恆。當你口渴剛好走到溪邊，或是掛在懸崖上，或坐在岩石上觀察雲朵的變化，當下那一刻成了唯一重要的事。當下和永恆不一定相互對立。時間停住，你同時體驗到了當下和永恆。

我最喜歡的事，就是走到累癱。愉悅、疲憊和走路的荒謬全都混合在一起，我再也分不清哪個是哪個。我的腦袋產生了變化。時間不再重要，腦中一片空白，我成了草地、石頭、苔蘚、花朵和地平線的一部分。

我把自己累癱，因為我想要，不是因為不得不。把自己的身體弄垮。這是異於日常生活的美好改變。專心和分心並非對立的兩端。兩者時時刻刻都存在，只是程度不同。但如果你累癱了，你就沒有力氣再去分心。

真正走路走到把自己累癱之前，腦袋常常有許多事情可以想。小孩、工作、沒回的訊息。體力大量消耗之後，我不再有力氣多想；這時候，氣味、聲音和土地跟我的距離似乎拉得更近。我的感官彷彿對周圍環境整個敞開。大自然產生了變化。一座森林可以在幾小時內變成另一種面貌。苔蘚不再只是綠色，而是深淺不一、無止無盡的綠。蘇格拉底說，走出雅典城外是浪費時間，因為他無法跟樹交談。真可惜他從沒試過跟大自然交流，不然我很想讀讀他跟

自然的對話。

走得愈久，我愈無法把身體、心靈和周圍的環境區隔開。外在和內在的世界相互重疊。我不再是**看著**大自然的觀察者，而是整個人都參與其中。

大自然和你的身體是由同樣的元素組成。氧、碳、氮和氫。因此，身體跟自然景致產生活潑的互動，應該是自然而然的事。這時候，我們會體驗到梅洛龐蒂所說的「活的視野」（lived perspective）。你周圍的環境和你的身體找到了共同的語言，變成一個比它們自身更大的整體。體驗這種感覺的方法有很多種。你可以齋戒、冥想、吸毒或祈禱。但對我來說，就是走路。

40

走向思考

「在哪裡感覺，我就在那裡。」

康德（Immanuel Kant）喜歡每天下午三點半散個小步，他那本《通靈者之夢》（*Dreams of a Spirit-Seer*）引起我小小的共鳴，也激發了梅洛龐蒂。如果要試著描述靈魂在哪裡，我們應該說：「在哪裡感覺，我就在那裡。我在我的指尖上，就如同在我的腦海裡……我的靈魂整體，就在我的身體裡，全身上下每個部位。」

一個踏實的「**我走路**」，先於笛卡兒（René Descartes）的「**我思考**」。

有時候當我出外健行，走得又冷又累時，我可能會夢見自己坐在家裡的客廳，或許讀書，或許澆花。這個念頭很美好，但從沒讓我因此掉頭回家。

41 一開始想著終點，就抵達不了終點

箭離弓之後永遠到不了終點。

「還有多遠？」是我最常問的問題之一。大概也是我最早學會說的幾句話之一。我一學會走路，爸媽就帶我去健行。我會走在他們後方不遠處，然後問他們這個問題。遇到陡坡，我爸會站在坡頂對我大喊——加油！等我爬到上面，他就轉身繼續走。我的小孩也延續了這個傳統。先靜靜走一小段路，再停下來問：「還有多遠？」繼續走，再問：「還有多遠？」

太常想著目標，太常問目標還有多遠，其實並不好。跟父母一起去健行，我很開心。聽到爸爸幫我加油，或跟媽媽一起分食一顆柳丁，我也很開心——直到我開始問：「還有多遠？」

就像芝諾（Zeno）的箭，箭離弓之後永遠到不了終點，因為在每個個別的時刻，它都是靜止的。我也覺得，只要我一開始想終點，就永遠抵達不了終點。**我永遠爬不到山頂。**

42

走在過去和未來之間

當下，只是兩者之間的邊界，本身沒有範圍，因此也不存在。

大乘佛教中，我們第一個喊得出名字的哲學家是龍樹。他相信時間或「三世」（trikāla）是假的，並不存在。已經過去的就過去了，還沒過去的則尚未開始。而我們正在走路的這一刻，構成了已經過去和尚未過去之間的無限小空間，所以現在也不存在。龍樹也用走路來比喻時間。過去的過去了，並不存在；未來還沒開始，所以也不存在。而當下，只是兩者之間的邊界，本身沒有範圍，因此也不存在。一切都只是我們自身的解釋，以便我們掌控自己的思想。我喜歡邊走路邊琢磨這些思想，因為這些思想徹底翻轉了我對世界的體驗。

保羅・科涅蒂（Paolo Cognetti）的小說《八座山》（*The Eight Mountains*）中，父親問兒子：「你相信未來可以發生很多次嗎？」父子兩人去爬義大利的阿爾卑斯山，這位父親對時間的詮釋跟龍樹不同。「很難說。」兒子回答。「看到那條河流了嗎？」父親又問他：「我們想像河水就是流逝的時間。如果我們站在這個地方是這條河的現在，你想哪裡是未來？」兒子回答，下游就是未來，跟我讀這本小說時的回答一樣。未來的時間跟著河水流下山谷。父親只簡短地回了他：不對。那天晚上，男孩要上床睡覺時，漸漸想通父親的意思。如果你站的地方是現在，那麼過去就是從你面前流到更遠處的河水，你再也不會看見。未來則是來自上游的水，伴隨著危險、喜悅和驚奇而來。「無論命運等待的是什麼，」男孩心想：「都在山上那裡，在我們的頭頂上方。」

朝著南極獨自走了四十天後，我犯了跟小時候一樣的錯。我開始在腦中計算我還要走多少天。每天走十小時，乘以十天，等於一百個小時。起初我很開心，但後來開心的感覺開始變化。隔天我在日誌裡寫下：「南極從一個遙遠的美夢，變成數學上的一個點。剩下多少又多少個小時。」想著還剩多少時間，我不由感到沮喪。我的心情改變了我對周遭景物的體驗，突然間荒野顯得「單調乏味，只剩千篇一律的白。我再也沒有力氣把生命注入其中」。我很失望自己成了抱怨鬼。隔天稍晚，我的負面思考才鬆開魔掌，在路上的喜悅才又重新浮現。

我常聽見這一類故事。長期坐牢的囚犯為了忍受不人道的獄中生活，常會說出跟邁向目標的極地冒險家一樣的感想：一次以一天為目標。一九九六年，我創立了自己的出版社，當時我沒有想得很遠。我跟同事光是要生存下來、出版好書、想辦法把書賣出去，已經忙得焦頭爛額。我沒有時間也沒有資源去想更遠大的目標。靠著雙腳走過那麼長的路，我從中學會了一、兩件事，一次只走一步也不是問題。

幸福就在下一個綠洲

渴望屬於一個大於自身的存在。

我有個朋友也喜歡走路，那就是費南多．加西亞－多利（Fernando García-Dory）。他是西班牙藝術家，也是牧羊人。牧羊人文化在全世界都岌岌可危，因此近幾年他透過教育和訓練牧羊人，想把這個職業保留下來。他所知最棒的健行路線，就是西班牙羊群從北到南或從南到北（視季節而定）放牧的路線。這條路線要兩個月才能走完。有天晚上，他跟同事聊到生命中的喜悅。另一個牧羊人告訴他：「跟羊群一起走路的時候，你看到牠們走路、奔跑、盡情吃草、自由移動，一天比一天健康、強壯。你看著小羊變肥。當你看到羊群那麼開心，即使你每天都得餐風宿露，走好幾哩路，累到不行，你也會覺得舒服、開心、更加放鬆。」

費南多去過世界各地，陪伴不同的游牧民族一起旅行。對撒哈拉沙漠的圖瓦雷克人（Tuareg）和柏柏人（Berber）來說，幸福就在下一個綠洲。對他們來說，他們渴望的事物跟他們職業追求的目標，兩者之間差別不大。他每碰到一個人，都會問對方同樣的問題：「想像你閉上眼睛，二十年後才又張開眼睛。這時候，看到什麼你會很開心？」

無論是肯亞中部的桑布魯人（Samburu）、坦尚尼亞和肯亞的馬賽人（Maasai），或是印度拉賈斯坦邦（Rajasthan）的不同民族，答案大同小異。大家都認為，看到自己的牲畜健康又肥美是最開心的事。他們想像的畫面是一家人聚在一起，悠閒自在地享受豐饒富庶的大自然。「對於想跟自然和平共存的人來說，」費南多說：「這就是和諧。他們在意的不是自己的需求，而是共同的需求，廣義來說就是社群的需求。從一個小男孩到一棵樹到一頭羊。」這樣的答案反映了一種渴望：希望自己屬於一個大於自身的存在。不只是社會，比社會更大，雖然社會也很重要。自然有自己的理解力。在學校我學到，精神的相反是物質。但是在森林裡，這兩者並非相互對立，而是對等的。走路就反映了這點。

44

成為周遭景物的一部分

讓身體跟靈魂用同樣的速度一起前進。

週末，我喜歡到努爾馬卡（Nordmarka）森林裡走幾小時。不是為了從一個地方到另一個地方，純粹只為了走路。我家住在布林登（Blindern）。坐在樓梯口抬起頭，可以從門上一扇面北的窗戶看見森林。我的鞋架上堆了很多運動鞋。每雙鞋我都會穿到磨破為止，畢竟要是地上都是苔蘚、樹根、泥土和石南，鞋子的牌子、鞋底、合不合穿，就不是太重要了。我從中選了一雙，綁好鞋帶，穿越高斯塔（Gaustad）田野走進森林。無人小徑最好。走路——一次一步，可能是愛地球的一種方式，也可以看見自己，讓身體跟靈魂用同樣的速度一起前進。

在森林裡，我感覺到自己逐漸成為周遭景物的一部分。我的身體彷彿不只到指尖就結束。隨著時間流逝，我跟草地、石南、樹木和空氣合而為一。如果有隻小鳥的翅膀受傷，或有動物正在挨餓，我多少也會感受到牠們的痛苦。一束陽光穿過樹叢，灑在我的臉上，感覺像個小奇蹟。接著，我成了某種無所不包的力量的一部分，那種包容力遠遠超過身為出版人和父親的我。不是想要逃離責任，而是想成為那種力量的一部分。獨自在南極洲待了三十天之後，我在日記中寫下：「比起這裡，我在派對上更感到孤單。」我可能會渴望他人的陪伴、肌膚接觸和擁抱，但是當冰雪、地平線、寒冷和雲朵漸漸成為我的一部分，那種渴望就減輕了。這是不是每天跟自然和平相處的人日復一日的感受？也許吧。我喜歡我隸屬的社會，以及社會加諸於我的要求。但是我想，花點心思在費南多提到的那種經驗上，也很值得，畢竟大自然已經圍繞我們幾千幾萬年。

如果我往相反的方向朝城市走去，要體認到這一層就比較難，但也不是不可能。速度變快，期待和干擾也會增加十倍。要是我出生在真正的大城市，也許會有更透徹的瞭解。

45

抵達目標是為了重新開始

你可以往一個方向走，最後結束在起點。

在學校念書的時候，我記得大家都喜歡追求客觀。一項作業有開始和結束，考試會評分，行為也有一定的標準。走路卻是完全不一樣的事。抵達目標，可以只為了隔天繼續走。健行可能是一輩子的事。你可以往一個方向走，最後結束在起點。

46

太空漫步，以及獨自走向南極

不可能和不可思議之間。

有沒有可能在自己的床上入睡，隔天早上卻在聖母峰頂醒來？跟阿恩．奈斯散步過後，我必須說這不是不可能。

在我的記憶中，第一次發生不可能的事是在一九六九年七月二十日。阿姆斯壯（Neil Armstrong）在月球上漫步，美國贏得了太空競賽，成了第一個踏上月球（最接近地球的星球）的國家。那個腳印一直都在，因為月球上沒有風。當年我六歲。我還記得我跑到戶外盯著月亮看了又看，相信自己一定能看到阿姆斯壯。踏出幾步輕飄飄的奇怪步伐之後，阿姆斯壯轉過頭，拿起他的哈蘇相機（Hasselblad），拍了一張伯茲．艾德林（Buzz Aldrin）從老鷹號登月小艇爬出來的畫面。終其餘生，艾德林都對阿姆斯壯早他一步

登陸月球難以釋懷。此外，說出那句讓全世界至今難忘的名言的太空人，也正是阿姆斯壯。艾德林提醒我，無論什麼事在記憶中都可能是挫敗，即便是太空漫步這麼了不起的事。

我問美國太空人凱西．蘇利文（Kathy Sullivan），當她準備太空漫步時，從遠方看著地球，心裡有什麼感想。「日常生活中，我們知道『地球』是我們生活的一小塊土地。進入軌道時，你突然看見『地球』的模樣：一顆行星。所有人類居住的唯一一座星體。」她對地球加倍地肅然起敬。

在太空中漫步是什麼感覺？「我百分之一千活在當下……只有一個微弱的想法從腦海深處浮現：在真實世界裡做這件事（而非又一次演練），實在太酷了！」

約莫二十一世紀初，我跟阿恩．奈斯到密克羅尼西亞群島旅行。漂浮在遙遠的海中央的是南馬都爾（Nan Madol），西太平洋上一座被遺忘的城市，讓人想起威尼斯。這座城市建在珊瑚礁上，底下的石頭就是地基，上面是木造房子。建築工程約在七世紀開始，在十三世紀完成，跟巴黎的聖母院和柬埔寨的吳哥窟建成的時間差不多。現今，九十二座人造小島的地基有一些露出了海面。裡頭包含七十五萬噸重的黑色玄武岩，每一個都重達五到十噸。這些岩石最有可能是從約十二哩遠的採石場搬運過來。研究人員很好奇當初岩石是怎麼搬運的。靠人力途經叢林拖來？我們試著橫越這座小島之後，很懷疑人類能完成這種壯舉。還是用獨木舟運來的呢？沒人說得準。

南馬都爾的建築至今仍是世界上最大的考古謎團之一。根據島上的傳說，有隻龍把所有的岩石從採石場搬到這裡，再一個一個堆疊整齊。與我們同行的一位考古學教授的反應很簡潔有力：「不可能，不可能，不可能。」阿恩若有所思地看著我，然後說：「完全不可能。但用傳統的思維去想，只能說可能性相當低。從哲學上來

說，不可能和不可思議之間有道鴻溝。」

我很感激阿恩說出這句話，因為他把我不知如何形容的感受化為文字。聲稱一切都有可能，在邏輯上可能跟聲稱一切都不可能同樣正確。長途健行或爬山的時候，我可能對旅途有很高程度的掌控，但絕不可能有絕對的掌控。懷疑有利於創造機會。「聲稱一件事不可能，只不過是一個暫時的實用假設（working hypothesis）。」阿恩說。**如果**某件事改變，二加二可能等於五。他常說這句話，並且將這種思考方式稱為**可能論**（possibilism），說的時候嘴上常帶著一抹笑意。我不認為阿恩·奈斯真的相信他在奧斯陸米特斯圖恩（Midtstuen）家中的床上睡著，隔天有可能在聖母峰頂醒來，但他也不會視之為絕無可能的事。

「不要做這件事」和「這不可能成功」是我成長階段常常聽見

的兩句告誡。有時候這兩句話很有道理。比方說，我沒辦法想走多遠就走多遠，這種時候，我會產生世界上所有自我砥礪的感受中最愚蠢的一種：**幸災樂禍**。也有些時候，結果沒有想像中那麼糟。如果你跟你五歲大的女兒說她跑步跑得很爛，她很有可能一輩子都這麼相信。

在學校的越野滑雪比賽中，我從來不是最快的選手或最強的參賽者。每年我都是班上成績最差的學生，體育課的成績也慘不忍睹。如今，我知道我之所以能完成長途雪橇健走最重要的兩個原因：一是準備充分，二是大膽嘗試。此外，當然還有一點運氣，剛好至今還沒有人獨自走向南極。抵達南極比我想像的要簡單。感覺像個小小的奇蹟，就像我跟哥哥在奧斯陸附近的奧斯特馬卡森林迷路之後，還能找到回家的路。阿恩・奈斯說得沒錯：「不時都會有不可思議的事發生在我們身上。」

47
天生的探險家

因為走路，我們得以成為現在的我們。

雙足步行不是從智人開始的。剛好相反。我們的祖先南方古猿走路走了兩百多萬年，智人才出現。今日人類所做的一切，以及人類之所以有別於其他物種的特質，都可以追溯到走路的起源。

走路，也就是把一隻腳放在另一隻腳前面的能力，創造了**我們**。

從南方古猿用兩腳站立，到人類在月球上漫步，然後繼續穿越歷史，直到今天我女兒索薇開始學走路，背後的動機都一樣：我們是天生的探險家。

智人若不是走路的物種，我們很久以前就絕種了，或是過著跟其他動物差不多的生活。今日的我們會趴在地上爬來爬去，也不會發展出現今使用的語言。

要是不再那麼常走路，人類這個物種的最大特徵就不再是行走，而是坐，或是開車。那有點像皮克斯動畫《瓦力》（WALL-E）裡的人類，個個肥嘟嘟，坐在椅子上輕鬆愜意地靠機器移動，對太空船上的環境也不甚了了。這個故事發生在距今八百年後。

我漸漸開始懷疑，稱人類為「智人」會不會是個錯誤。「智」就是「知道、有能力」，也就是「聰明或有智慧」。這種自己賦予自己的標籤，不但有自我吹捧之嫌，也容易流於誇大。背後的概念就是，智人進化的程度比地球上其他物種都要高，之後也會一直比其他物種優越。這一點我不確定。

我們應該要改稱非智人（Homo insipiens）才對。也就是智人的相反，意指「不知道」。智人感覺上只有單一面向，而且不再進步。相反地，對我來說，非智人代表的意義更寬廣，也更能反映我

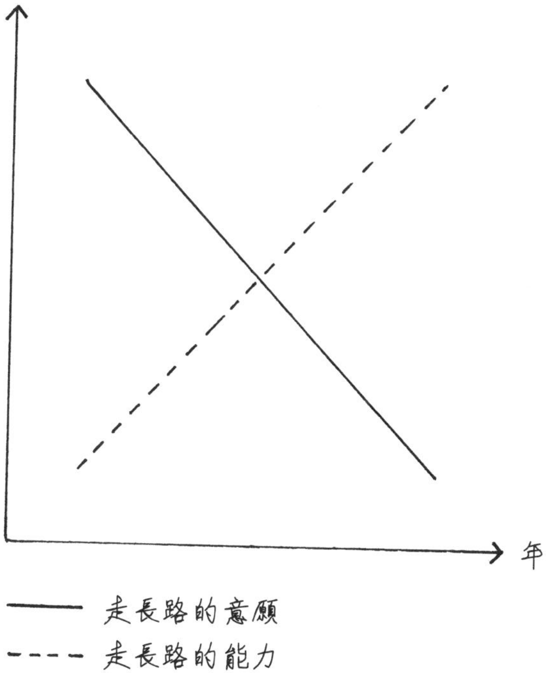
年
走長路的意願
走長路的能力

們的樣貌：持續不斷地求知。

時至今日，我們自然而然會問：不再走路之後，我們會不會逐漸發展成不同於目前我們視之為人類的存在？

坐著度過的人生，身體所占的比重就會變少，我們會開始以另一種方式體驗這個世界。換句話說，我們失去了對世界的體驗，甚至不會感受到周遭的環境，也不會產生唯有走路才可能擁有的感受。味覺、嗅覺、視覺、聽覺和觸覺，會被放在一套不同的內容中檢視。存在將變得更加抽象。就像《瓦力》中的角色，人類脫離了真實世界，也不再需要腳踩地面。人不再用身體去感受周圍環境，藉由身體和世界的接觸去瞭解自己和環境，愈來愈習慣尋求腦袋而非身體的經驗，因此較可能接納無形的事物，例如宗教和情緒。

有這種可能嗎？我很清楚自己所知有限，於是寫信給神經學家及諾貝爾醫學獎得主愛德華．莫澤（Edvard Moser），請教他人類是否可能演化成更抽象的存在。我問他，我們對身為世界一分子的理解，有一天會不會演變成思想的層面大於身體的感受？莫澤回答：「會，很有可能。」他也強調，人類不再走路之後會如何，要看是什麼取代了走路。「如果一個人從小就學會走路，之後才停止走路，確實可能用其他東西來彌補。但走路和移動也是探索的根基，而探索又是人類智力發展的根基。」

在梵語中，走路不只是**時間**的比喻，也是「認知」（或 gati）的比喻。挪威文也有這樣的比喻，某方面來說英文也有。在挪威文中，說我們已經 gjennomgått 某件事，字面上的意義就是「走過了」。英文說的 go through 也有同樣的意義，暗指有過某種經驗之後的認知。比起挪威文或英文，創造梵語的人們把意義界定得更清楚，還建立了明確的規則：sarve gatyarthā jñānārthāś ca——每個意指「走路」的字，也意味著「知道」。

古老的印度文和挪威文對**走路**和**知道**有相同的認知，我並不感到驚訝。兩個字的意義之所以相近，是因為人類原本就是一個大家庭。這是人類在行路途中口耳相傳的經驗。很美。

因為走路，我們得以成為現在的我們。因此，如果有一天，我們不再走那麼多路，也許會變成另一種樣子亦未可知。

48 人生最後的幾步路

他從沒想過要逃走，讓另一個人替他受死。

我的外公生前走的最後一段路，是在一九四五年二月九日的早上走去阿克斯胡斯堡（Akershus Fortress）的行刑隊受刑。德國占領軍判處他死刑。「要是我早知道會有這種下場，我會完成更多事。」他對宣判他死刑的法官這麼說。他是律師，在奧斯陸執業，同時偷偷替反抗軍工作，能說流利的德文。納粹找不到他跟反抗軍牽扯的證據，但反正也沒差。被捕之前，外公已經聽到傳聞，知道自己難逃一死，但他知道自己如果試圖逃跑，納粹為了報復，會去抓另一個挪威人當代罪羔羊。他從沒想過要逃走，讓另一個人替他受死，他選擇乖乖就範。這種問題沒人知道答案，除非問題已經逼近眼前。我的外婆從未克服這個打擊，從此未再改嫁，往後五十六年，悲傷鬱積在她體內，從未散去。

當時外公還有三個女兒，跟我一樣。我曾經想像他是怎麼走完人生最後的幾步路。那八個等著將他處決的挪威納粹黨人，看到一個槁木死灰的男人邁出最後的步伐走向刑場時，是不是很得意？他們甚至可以恥笑他。還是，外公奮力踏著自信確定的步伐，甚至讓他們看見，就算他們殺光所有人，所有的努力終將化為泡影？

附註

本書內容主要來自我走路時的所見、所聞、所感，以及回家之後讀到的書報文章。

8

有關兒童、活動和相關的研究，來自《衛報》的這篇文章：theguardian.com/environment/2016/mar/25/three-quarters-of-uk-children-spend-less-time-outdoors-than-prison-inmates-survey。每年冬天都會出現德里空污日漸嚴重的報導：www.independent.co.uk/news/world/asia/delhi-india-suffers-second-smog-crisis-12-months-as-wakeup-calls-go-unheeded-pollution-a8068831.html。

10

羅伯・瓦爾澤所著的《漫步》英譯者是 Christopher Middleton 和 Susan Bernofsky (New Direction Pearls: 2012)。昆德拉的引文出自《緩慢》，譯者是 Linda Asher (Harper Perennial: 1997)。

11

Saudade 一字在葡萄牙、維德角和巴西的用法略有不同。葡萄牙軍人作家 Manuel de Melo 的定義如下：「讓你痛苦的快樂，讓你快樂的痛苦。」

12

華茲華斯的這四句詩出自 *The Prelude*, 1805, Book Seventh, "Residence in London"，在網路上可以免費閱讀。華茲華斯很常散步，也寫下散步的經驗。這首詩共有六百四十五行。

15

散文家蒙田對伊索的記敘摘自 *Montaigne & Melancholy: The Wisdom of the Essays* by M. A. Screech (Rowman & Littlefield Publishers: 2000, p. 137)。

16

陪我一起步行橫越洛杉磯的是佩德・倫德（Peder Lund）和佩特・史卡夫蘭（Petter Skavlan）。佩特有寫日記的習慣，我借用他的日記回想旅途的細節。

二〇一七年夏天，我跟神經學研究員卡婭・努爾英恩討論走路的速度如何影響我們的腦部功能，還通了幾封電子信。

17

《創世記》的英譯摘自標準修訂版聖經（RSV），見 https://www.biblegateway.com。

18

我在《紐約客》雜誌上讀到納博科夫教授《尤利西斯》的方式。該文作者是 Ferris Jabr，見 http://www.newyorker.com/tech/elements/walking-helps-us-think。這件事我也在《Vogue》（一九六九年）雜誌的一篇文章讀過，作者是 Allene Talmey，見 http://www.lib.ru/NABOKOW/Inter14.txt_with-big-pictures.html。引言來自這兩處。

一九八六年春天，我從百慕達航行到胡安費爾南德斯群島，經由巴拿馬運河前往南極。我是帆船 War Baby 號的船員，船長是已故的 Warren Brown。塞爾科克赤腳捕獵山羊的趣聞，我是從挪威作家 Lars Mytting 那裡聽說的。我在網路上搜尋目擊者，很快就證實了這個故事。

20

二〇一六年秋天，我在洛杉磯跟威爾森教授一起吃早餐時，聽說這個有關人類、蟑螂，以及企鵝和大象的研究。做類似研究的不只威爾森教授一人，他也特別指出這點。解釋這些實驗的論文還有 "Wild States secrets: Ultra-sensitive measurement of micro-movement can reveal internal processes in animals," written by Ed Grundy, Richard Massy, Joseph Soltis, Brenda Tysse, Mark Holton, Yuzhi Cai, Andy Parrott, Luke A. Downey, Lama Qasem, Tariq Butt。此文最初由美國生態學會（Ecological Society of America）於二〇一四年十二月一日刊登。

湯瑪斯・艾斯佩達的《徒步旅行：如何活得率性，活得像一首詩》，英譯者是 James Anderson (Seagull Books: 2010)。

還沒想到以走路為題寫一本書之前，我就讀過澤巴爾德的《奧斯特利茲》。後來在《紐約客》讀到 James Wood 的 "W. G. Sebald, Humorist"，我又想起這本書，參見 http://www.newyorker.com/magazine/2017/06/05/w-g-sebald-humorist。Wood 寫到澤巴爾德在小說中如何描寫布拉格被德軍占領的早晨：「這裡有人，但他們漸漸變得不像人。」並且把城市裡的居民跟被砍的樹木相比。

21

牟斯的引文出自他的“Techniques of the body” in *Economy and Society* (1973, pp. 70-88)。跟挪威哲學家拉斯・史文德森（Lar. Fr. H. Svendsen）討論他和布迪厄的著作，讓我獲得很大的樂趣。

22

殺人犯泰德・邦迪評估找誰下手的方式，在很多文章都提過，這裡的資料出自 http://www.bbc.com/future/story/20160519-what-your-walk-really-says-about-you。

23

我跟羅伯・威爾森的對話發生在二〇一七年初夏，地點是我在奧斯陸的家。之後幾個禮拜，我透過跟他、他同事 Owen Laub 通信繼續對話。教威爾森說話的女性是芭蕾舞者 Byrd Hoffman。

我引用的梅洛龐蒂出自《知覺現象學》(*The Phenomenology of Perception*，最初於一九四二年在法國出版，我讀的是一九九五年 Routledge 的譯本，英譯者是 Colin Smith，以及 http://mythousandlogos.com/auPonty.html 這篇文章和其他文章。此外，我也跟前文提過的史文德森和精神科醫師 Finn Skårderud 討論過他的理論。

25

讀完郝格和馬查多的詩之後，我受到啟發，另外去找了西班牙教師 Elisabet Vallevik Engelstad 寫的有關兩位詩人的文章來看，收錄於 *Dag og tid* (14, March 2008)。郝格的日記就摘自此處。為免混淆，在此點出：

馬查多的詩先郝格完成。

26 希波克拉底對走路的興趣，無數文章中都提過，我對他的結論並不意外。勾起我好奇心的是，他竟然在兩千四百年前就警告過醫師誤診的危險。

27 第歐根尼說的那句拉丁文 solvitur ambulando，直譯是：靠走路解決。但這句話也可以這樣理解：實際的方法優於理論。第歐根尼常去散步，有時還會在大中午提盞油燈去散步。他聲稱自己要在雅典尋找「一個正直的人」，但顯然沒成功。

在史丹佛大學進行的這個研究，很多地方都有詳細記錄，包括大學的網站 http://news.stanford.edu/2014/04/24/walking-vs-sitting-042414/；《紐約時報》由 Gretchen Reynolds 撰文的 https://well.blogs.nytimes.com/2014/04/30/want-to-be-more-creative-take-a-walk/?r=0；瑪瑞莉・歐佩佐和丹尼爾・舒瓦茲為美國心理學會撰述的文章“Give Your Ideas Some Legs: The Positive Effect of Walking on Creative Thinking”，以及前面提過的 Ferris Jabr 為《紐約客》寫的文章。引言或資訊都出自這幾處。

28 人類消耗的熱量急遽增加，在哈拉瑞（Yuval Noah Harari）的《人類大命運》（*Homo Deus*，天下文化，二〇一七）和伊安・摩里士（Ian

Morris）的《西方憑什麼》（*Why the West Rules for Now: The Patterns of History, and What They Reveal About the Future*，雅言文化，二〇一五）都有提到。後者用精彩的圖表細述了這個現象，廣度非本書所能比擬。

29
　蒙田的文章幾乎無所不談。痛苦可能帶有目的且讓人快樂這件事，他也碰觸過（*On Experience*, volume III）。叔本華談痛苦的句子出自他的 "On the Vareity and Suffering of Life," published in *Happiness: Classic and Contemporary Readings in Philosophy*, edited by Steve M. Cahn and Christine Vitrano (Oxford University Press: 2008)。

30
　挪威哲學家彼得・韋瑟爾・札普在《論悲劇》中寫出我們如何限縮自己的經驗，這本書尚未全部譯成英文。這裡的引文摘自他的文集 *The Last Messiah*。我是在 Philosophy Now 網站找到的，最初發表在 *Janus #9* (1933)，由 Gisle R. Tangenes 從挪威文譯成英文，見 https://philosophynow.org/issues/45/The_Last_Messiah。
　梅莉莎・哈里森的《雨：在英國天氣中的四段散步》由 Faber & Faber 出版（二〇一六）。

33
　我參考了多篇談森林浴的文章（儼然已成潮流），尤其是這兩篇：https://www.ncbi.nlm.nih.gov/pubmed/24858508 及 https://qz.com/

804022/health-benefits-japanese-forest-bathing/。

我提到的研究員就是千葉大學環境、健康和田野科學中心的主任宮崎良文。

梭羅是擁護走路的。他的小書《漫步》、《梭羅日記一八三七－一八六一》（NYRB Classics: 2009）及《梭羅散文》（Library of America: 2001），每一本我都讀得津津有味。引文都來自他的這三本著作。

34

康拉德三世的軼事出自 “We reach the same end by different means” in *Essays, Book I* by Montaigne, translated by Peter Millican: http://www.earlymoderntexts.com/assets/pdfs/montaigne1580book1.pdf。

35

凱斯琳．魯尼的小說《走過莉莉安》由 St Martin's Press 出版（二〇一七）。

齊克果的話出自他一八四七年寫給亨莉葉塔．葛萊納（後從夫姓齊克果）的信（未標日期）。這封信和其他封信重登在 http://sks.dk/forside/bd.asp。不過，「……盜賊和菁英有一個共同點：兩者都躲躲藏藏」這句話，是我在 *Wanderlust: A History of Walking* (Penguin Books:2001) 讀到的。作者 Rebecca Solnit 在齊克果的 *Journals and Papers* (Indiana Universtiy Press: 1978, translated by Howard V. Hong and Edna H. Hong) 讀到這句話。

另一本書也幫助我更加瞭解齊克果跟走路的關係，那就是 Joakim

Garff 的 *SAK: Søren Aabye Kierkegaard: A biography* (Princeton University Press 2007, translated by Bruce H. Kirmmse)。自傳的最後，齊克果纏綿病榻，被迫賣掉公寓和心愛的藏書才能應付開銷。有些人主張齊克果因為經濟拮据，失去對走路的興趣，忘了自己曾建議人走路忘卻煩惱的良方，之後他健康惡化，只能躺在床上直到死亡。這個故事雖然符合我的文章主旨，但二〇一七年夏末，我問 Garff 這一連串事件的真實性時，他駁斥了這個說法：「經濟拮据和健康惡化是否有因果關係，我不敢妄下斷論。但手頭拮据無疑讓他意志消沉。而生存意志低落會提高罹患〔重〕病的風險是事實。」

36

「達拉斯臥床及體能鍛鍊」計畫和相關研究，我是在這裡讀到的：https://www.ncbi.nlm.nih.gov/pmc/articles/PMC2655009/。

37

瑪麗亞的故事是安德魯．巴斯塔洛斯告訴我的。二〇一六年秋天，我在洛杉磯跟安德魯聊了他的工作，後來他透過電子信跟我說了這個故事。他希望不要公開患者的姓名，所以瑪麗亞並非真名。

安德魯．巴斯塔洛斯是個英雄。如果你想更瞭解他的工作，可參考網站：www.peekvision.org。他做的事需要捐款贊助。英國網站：https://www.justgiving.com/peek-vision；美國網站：https://tinyurl.com/peekvision。

38

我找不到馬洛里最初提到爬山有何意義的出處。不過，不少著作和網路文章都提過他說的這句話。我第一次讀到的時候很開心，特別是因為在我認識的探險家之中，他是不會硬要給探險旅程一個冠冕堂皇理由的第一人。現今，很少踏上探險之旅的人不會先強調自己做的考察、環境的惡劣、慈善的目的、兒童權益或世界和平等等的背後動機。馬洛里的妻子寫的信，出自 *The Wildest Dream* by Mark Mackenzie (John Murray: 2009)。

40

康德的話出自《通靈者之夢》，譯自 *Träume eines Geistersehers, erläutert durch Träume der Metaphysik*, Prussian Academy of Sciences (Kant's collected works, Volume II, de Gruyter, Berlin:1902)。這本著作至今尚未譯成挪威文，因此這句話是史文德森幫我翻譯的（Immanuel Kant: *Dreams of a Spirit-Seer*: https://archive.org/stream/dreamsofspiritse00kant/dreamsofspiritse00kant_djvu.txt）。

42

龍樹和梵語的資料來源是 Jens Braarvig 教授。

我讀的是《八座山》的挪威譯本 (Kagge Forlag: 2017, translated by Tommy Watz)。這本義大利暢銷小說也有英譯本 (Harvill Secker: 2018, translated by Simon Carnell and Erica Segre)。佛教文學中也有類似的故事，但我認為科涅蒂說得特別好。

46

太空人凱西・蘇利文很謙虛，但二〇〇七年我在新加坡見到她的時候，她跟我分享了她在太空中的一些經驗。二〇一七年夏天，我為了這本書跟她通電子信。蘇利文是美國第一位完成太空漫步的女性太空人。

47 神經學家愛德華・莫澤跟我在二〇一七年夏末開始通電子信。這些話出自我們的通信。

48 我外公的話，是我在他朋友為他出版的紀念小書上（一九四八年）看到的。

本書有些部分根據的是我的兩本著作 *Philosophy for Polar Explorers* (Pushkin Press, 2006, translated by Kenneth Steven) 和 *Under Manhatten* (World Editions: 2015, translated by Becky L. Crook)，例如大斯卡加斯特峰的故事、與費南多・加西亞–多利的對話，還有我的紐約地下探險。

致謝

我要對以下人士致上我最誠摯的感謝：Joakim Botten、Gabi Gleichmann、Petter Skavlan（佩特·史卡夫蘭）、Mary Mount、Kristin B. Johansen、Lars Fr. H. Svendsen（拉斯·史文德森）、Dan Frank、Sonny Mehta、Morten Faldaas、Jan Kjærstad、Finn Skårderud、Lars Mytting、Knut Olav Åmås、M.M.、Kaja Nordengen（卡婭·努爾英恩）、Bjørn Fredrik Drangsholt、Aslak Nore、Andrew Bastawrous（安德魯·巴斯塔洛斯）、Ellen Emmerentze Jervell、Åsne Seierstad、Rory Wilson（羅里·威爾森）、Robert Wilson（羅伯·威爾森）、Owen Laub、Aase Gjerdrum、Anne Gaathaug、Edvard Moser（愛德華·莫澤）、Solveig Øye、Hanneline Røgeberg、Kathy Sullivan（凱西·蘇利文）、Jorunn Sandsmark、Jens Braarvig、Susanne Gretter、Annabel Merullo、Tim Hutton、David Rothenberg、Kjetil Østli、Odd Harald Hauge、Marie Aubert、Hans Petter Bakketeig、Fernando García-Dory（費南多·加西亞–多利）、Bob Shaye、Shân Morley Jones、Becky L. Crook，以及 J. M. Stenersens 出版社和 Kagge 出版社的所有成員。

圖片出處

001／© Klara Lidén, *Untitled*, poster painting, 2010. Posters and paint. Courtesy of Klara Lidén og Galerie Neu

026—027／© Raffaello Pellizzon

054／Illustration made by Eivind Stoud Platou

061／Lawrence Weiner, *Use Enough to Make It Smooth Enough, Assuming a Function*, 1999, language + the materials referred to dimensions variable © 2018, Lawrence Weiner/Artists Rights Society (ARS), New York/BONO, Oslo; Courtesy of Regen Projects, Los Angeles, private collection

065／Lawrence Weiner, *Untitled (in Fact the Horizon)*, circa 1990s, ink and gouache on Filofax paper, 9.5 x 17cm © 2018, Lawrence Weiner/Artists Rights Society (ARS), New York/BONO, Oslo

081／Prepared by Professor Rory Wilson

082／Prepared by Professor Rory Wilson

113／Illustration made by Eivind Stoud Platou

119／© Børge Ousland

120／© Erling Kagge

134／© Steve Duncan

135／© Andrew Wonder

154／© Eivind Furnesvik

171／© NASA

174／© NASA

179／Illustration made by Eivind Stoud Platou

200 \ © Klara Lidén, *Untitled*, poster painting, 2010. Posters and paint. Courtesy of Klara Lidén og Galerie Neu

walk 21
就是走路：
一次一步，風景朝你迎面而來

作　　者　厄凌・卡格（Erling Kagge）
譯　　者　謝佩妏
責任編輯　潘乃慧
封面設計　廖韡
校　　對　呂佳真

出版　大塊文化出版股份有限公司
www.locuspublishing.com
台北市 105022 南京東路四段 25 號 11 樓
讀者服務專線：0800-006689
TEL：(02) 87123898　FAX：(02)87123897
郵撥帳號：18955675
戶名：大塊文化出版股份有限公司
法律顧問：董安丹律師、顧慕堯律師

總經銷　大和書報圖書股份有限公司
地址：新北市新莊區五工五路 2 號
TEL：(02) 89902588　FAX：(02) 22901658

初版一刷：2020 年 3 月
初版六刷：2023 年 11 月
定價：新台幣 300 元
Printed in Taiwan

國家圖書館出版品預行編目 (CIP) 資料
就是走路：一次一步，風景朝你迎面而來 / 厄凌．卡格 (Erling Kagge) 著；
謝佩妏譯．—— 初版．-- 臺北市：大塊文化，2020.03 ——200 面；13×18 公分．—— (walk；21)
譯自：Å gå. Ett skritt av gangen
ISBN 978-986-5406-52-3(平裝)　881.46　109001357

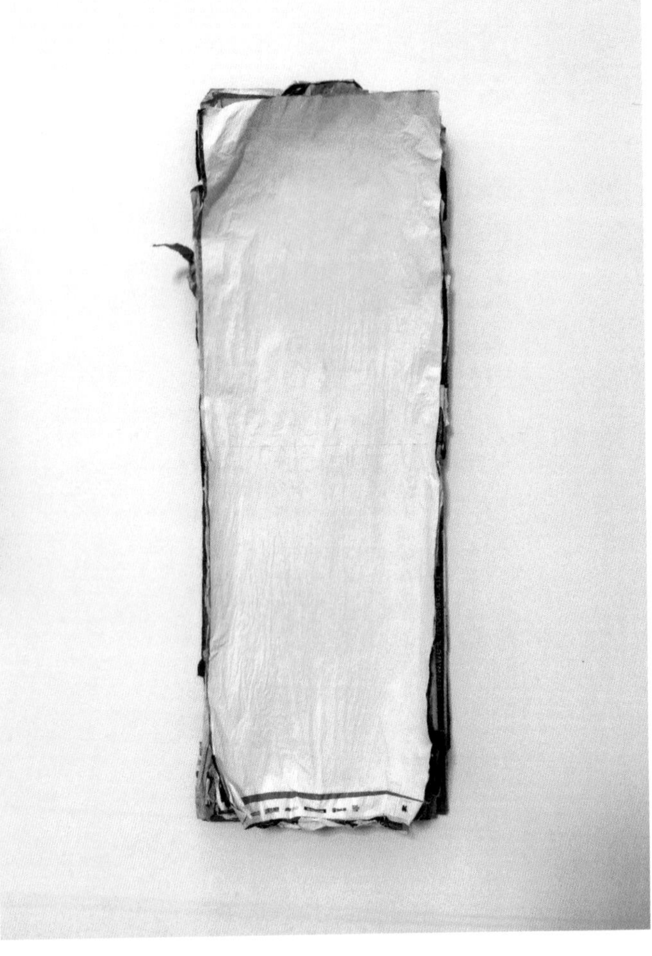

Klara Lidén
Untitled, poster painting, 2010

LOCUS

LOCUS